¿AMOR O DINERO?
HELEN BIANCHIN

HARLEQUIN™

Editado por Harlequin Ibérica.
Una división de HarperCollins Ibérica, S.A.
Núñez de Balboa, 56
28001 Madrid

© 2008 Helen Bianchin
© 2016 Harlequin Ibérica, una división de HarperCollins Ibérica, S.A.
¿Amor o dinero?, n.º 2506 - 16.11.16
Título original: Purchased: His Perfect Wife
Publicada originalmente por Mills & Boon®, Ltd., Londres.
Este título fue publicado originalmente en español en 2009

I.S.B.N.: 978-84-687-8813-5
Depósito legal: M-28258-2016
Impresión en CPI (Barcelona)
Fecha impresion para Argentina: 15.5.17
Distribuidor exclusivo para España: LOGISTA
Distribuidores para México: CODIPLYRSA y Despacho Flores
Distribuidores para Argentina: Interior, DGP, S.A. Alvarado 2118.
Cap. Fed./Buenos Aires y Gran Buenos Aires, VACCARO HNOS.

Capítulo 1

MALDICIÓN –exclamó Lara en voz baja mientras se miraba el reloj antes de clavar los ojos en las vacías vías de la estación de ferrocarril.

El tren iba con retraso. Lo que no era una sorpresa, dado que casi nunca se ajustaban a su horario.

Una carcajada histérica se ahogó en su garganta. Tenía una cita de suma importancia.

«No me hagas esto, por favor», rogó en silencio. «Sobre todo, hoy».

Pero las plegarias y la angustia no le iban a ayudar en nada. Resignándose a llegar tarde a la cita, respiró profundamente e intentó calmarse.

No podía llamar para avisar que iba a llegar con retraso porque ya no tenía teléfono móvil. Podía intentar encontrar una cabina telefónica, pero eso era casi imposible.

Algunos de los pasajeros comenzaron a pasearse por el andén nerviosos, su impaciencia igualando la de ella, hasta que un suspiro general de alivio anunció la llegada del tren.

Lara se subió al atestado vagón y se vio obligada a permanecer de pie. La situación empeoró cuando el tren, al salir de la estación, se encontró con una lluvia torrencial de improviso.

«Estupendo», pensó Lara, que no llevaba paraguas.

Su cita era con un prestigioso abogado con el fin de examinar los contenidos de dos testamentos, como resultado de las trágicas muertes por accidente de su madre y de su padrastro en Francia.

Se vio sobrecogida por la emoción e hizo un esfuerzo por no llorar. No estaba dispuesta a dar un espectáculo en público.

El cariñoso y afectuoso Darius Alexander había sido la fuente de felicidad ausente en el primer matrimonio de su madre y a ella la había tratado como si hubiera sido su propia hija.

Pero no su hijo Wolfe, que diez años atrás había visto a Suzanne y a su hija de diecisiete años, Lara, como a un par de cazafortunas a quienes lo único que les importaba era darse la buena vida a costa de su padre.

Cosa que no era cierta, ya que Suzanne había insistido en firmar un acuerdo prematrimonial con Darius antes de su boda. Un hecho que Wolfe se vería obligado a aceptar cuando los contenidos de ambos testamentos, el de Darius y el de Suzanne, se leyeran.

Un año después del matrimonio de Darius y Suzanne, Wolfe, tras rechazar la oferta de su padre de formar parte de la junta directiva de sus empresas, había aceptado un lucrativo trabajo en Nueva York en el mundo de los negocios.

Lara había completado sus estudios de cocina, ahora era chef, y había pasado unos años en Italia y en Francia perfeccionando las artes culinarias antes de volver a Sidney.

Hacía dos años se había asociado con Paul Evans, había invertido todos sus ahorros en abrir un restaurante en un barrio de moda en las afueras de la ciudad y había trabajado mucho para lograr el éxito.

Y había logrado su objetivo: proporcionar buena comida a precios razonables para una creciente clientela.

Todo había ido bien… hasta que Paul salió del país tras vaciar su cuenta bancaria; y la de ella también, por haber sido lo suficientemente tonta como para fiarse de él.

El robo había tenido lugar el día después de que Darius y Suzanne embarcaran para un viaje por toda Europa, así que ella no pudo contar con ayuda paterna.

Por supuesto, había llamado a la policía y había contactado con sus abogados, pero la justicia era lenta.

El orgullo la había hecho decidir que era su problema y, en un esfuerzo por evitar gastos, se había ido a un hostal, había vendido su coche y ahora utilizaba el transporte público.

No obstante, las pérdidas financieras que había sufrido eran considerables y los bancos se habían negado a concederle ningún crédito y se había visto obligada a recurrir a una empresa de préstamos a corto plazo de dudosa reputación.

Un hombre de la empresa le había explicado explícitamente la cruda realidad: «Pague a tiempo y todo irá bien». Seguido de: «Si no lo hace, asuma las consecuencias».

La amenaza no podía haber sido más clara.

Obtener un préstamo así no había sido una de sus decisiones más inteligentes, pensó con pesar y con miedo.

Y el miedo le había quitado el apetito y el sueño.

Había sido en ese momento cuando, dejando de un lado el orgullo, había pedido ayuda a Darius. Y él le había asegurado su apoyo incondicional y le había prometido enviarle dinero tan pronto como pudiera acceder a un fax.

Pero el alivio de Lara no había durado mucho, solo unas horas, antes de que le comunicaran que su padrastro y su madre habían fallecido en un accidente automovilístico.

El portador de la noticia había sido Wolfe que, tomando el control de la situación, había tomado un vuelo de Nueva York a Francia para hacerse cargo de los trámites antes de tomar otro vuelo a Sidney. Una vez allí, se había puesto en contacto con ella para arreglar el funeral.

Habían sido unos días terribles para ella, días en los que había ocultado su dolor en público para sucumbir a él en privado.

Durante este tiempo, Lara había recordado a su padre biológico, un hombre alcohólico y violento con su esposa. Hasta el día en que le pegó a ella, el día en que Suzanne agarró la ropa de ambas y, tomándola de la mano, la sacó de aquella ciudad y se la llevó tan lejos como pudo.

Habían sido unos años duros para ambas, años en los que Suzanne, gradualmente, fue logrando una vida mejor para las dos. Una vida cuya mejoría se vio culminada con la aparición de Darius y su consecuente matrimonio con ella.

Lara, parpadeando, volvió al presente al sentir el cambio en la velocidad del tren y lanzó un suspiro de alivio al ver que, por fin, habían llegado a la ciudad.

Unos minutos más tarde, tomó el ascensor y pronto se encontró en la calle. Llovía copiosamente y, accidentalmente, metió el pie en un charco, salpicándose los pantalones negros.

¿Podía empeorar aún más el día?

Estaba a dos manzanas de la dirección donde se encontraban las oficinas del abogado de Darius. Lara aceleró el paso y, cuando entró en el vestíbulo de suelos de mármol, se detuvo un momento para secarse el cabello con un pañuelo.

Mientras subía en el ascensor, intentó calmar sus nervios. Dentro de unos momentos iba a encontrarse con su intimidante hermanastro.

Wolfe Alexander, de treinta y tantos años de edad, tenía tanto interés en las mujeres como en los negocios, y en ambos campos con gran éxito.

El ascensor se detuvo y Lara salió directamente al piso que ocupaban las oficinas de la firma de abogados. La recepción era imponente y la recepcionista igualmente imponente, pensó ella con cinismo.

Lara se identificó, se disculpó por la tardanza y preguntó por los aseos.

¿Qué importancia tenían unos minutos más de retraso?

—Sí, por supuesto —la recepcionista se puso en pie y extendió el brazo—. ¿Quiere que me encargue de su abrigo?

—Sí, gracias.

No le llevó mucho tiempo peinarse el rubio cabello, recogerlo en una coleta, retocarse los labios y alisarse la blusa negra.

Cuando volvió a la recepción, la recepcionista la condujo a un lujoso y espacioso despacho.

Dos hombres se pusieron en pie. Lara saludó al abogado, se disculpó y luego se volvió hacia el alto hombre de anchos hombros y ojos grises que iba impecablemente vestido.

—Hola, Wolfe.

—Hola, Lara —respondió él con voz grave y un ligero acento.

Lara trató de controlar los nervios. Había algo primitivo y eléctrico en ese hombre que era un peligro para cualquier mujer; sobre todo, para ella.

Jamás olvidaría el día en que le conoció, unas semanas antes del matrimonio de Suzanne con Darius. La había hecho derretirse con una mirada y, en su presencia, no había logrado hilar una frase con sentido.

Como respuesta, Wolfe se había mostrado educado, pero distante y fríamente tolerante en los momentos, poco frecuentes, en que habían coincidido en el mismo lugar y al mismo tiempo.

El decimoctavo cumpleaños de Lara había sido especial: un precioso vestido largo, amigos, música y… Wolfe. Se había sentido increíblemente madura con una copa de champán en el estómago vacío, seguida de otra, lo que le había dado el coraje para, cuando Wolfe le dio un beso en la mejilla, volver la cabeza y sellar los labios de él con los suyos. Envalentonada, le había rodeado el cuello con los brazos, se había apretado contra él, había abierto la boca y había buscado su lengua con la suya.

Le había notado vacilar al principio, pero Wolfe acabó devolviéndole el beso… hasta que apartó la cabeza y la apartó de sí.

Con voz suave, Wolfe le había dicho: «Reúnete conmigo más tarde». Y ella casi no había podido soportar la impaciencia mientras esperaba a que la fiesta acabara.

Wolfe iba a tomarla en sus brazos y a besarla otra vez, a besarla de verdad.

Por fin, llegó el momento en que Wolfe la llevó a un punto bajo las ramas de una magnífica jacaranda. Allí, la estrechó en sus brazos y le acarició los labios con los suyos, profundizando el beso.

Un placer, dulce y evocativo, se apoderó de sus vulnerables emociones, capturándola. No podía pensar y no quería hacerlo mientras la lengua de él se encontraba con la suya en una exploración sexual que prometía ardor y pasión.

Lara arqueó el cuerpo hacia el de él y Wolfe la acarició entera. No quería que aquello terminara nunca porque, para ella, solo existía ese hombre y el intenso placer que le producía.

No quería que acabara y una leve protesta escapó de sus labios cuando Wolfe alzó la cabeza y la separó de él.

—Muy agradable, pero... Dejemos las cosas claras: no tengo intención de seguir el ejemplo de Darius y entablar relaciones con la hija de su esposa.

Unas palabras duras y crueles que se le clavaron en el corazón como un puñal.

Lara sintió frío y tembló.

¿Cómo podía él hacerle eso?

Fue únicamente el orgullo lo que la hizo responder:

—Entonces, ¿qué es lo que hemos compartido, una lección en futilidad?

Los ojos de él se ensombrecieron a la luz de la luna.

—Sí.

Completamente humillada, Lara se dio media vuelta y se alejó de él. Una vez dentro de la casa, se tropezó con Darius, notó que él se había dado cuenta de su angustia y, tras un ahogado sollozo, salió corriendo escaleras arriba a su habitación. Allí, se desnudó, se dio una ducha y lloró hasta que ya no le quedaron más lágrimas.

–Por favor, siéntate.

Aquellas palabras devolvieron a Lara al presente y, durante unos segundos, se quedó mirando a Wolfe, que le estaba indicando una silla de cuero próxima a la suya.

¿Cuánto tiempo había estado rememorando el pasado? Habían transcurrido diez años desde decimoctavo cumpleaños y ya no era una adolescente sexualmente vulnerable víctima de sus emociones.

Lara eligió la silla más alejada de Wolfe, necesitaba poner la mayor distancia posible entre los dos.

El abogado se sentó detrás de su escritorio, agarró un archivo y lo abrió mientras se sentaba.

Se oyó una discreta llamada a la puerta y una ayudante entró con una bandeja con un servicio de té y café.

Lara eligió té, le gustaba fuerte, y bebió un sorbo mientras esperaba a que el abogado empezara.

El abogado fue lo más breve posible. Darius, en su testamento, dejaba a Suzanne el usufructo de su principal residencia y una generosa renta proveniente de ciertos bienes personales, dichos bienes bajo administración de su único hijo, Wolfe Ignatius Alexander.

El resto de sus bienes personales pasaban a estar bajo administración de Wolfe y pasarían a su propiedad una vez que estuviera casado y tuviera descendencia.

Los negocios, que comprendían el Consorcio Alexander y otras cuantas empresas pasaban a Wolfe y a Lara en partes iguales.

Lara, con expresión incrédula, abrió la boca; luego, la cerró mientras el abogado continuaba.

El cincuenta por ciento de Wolfe estaba condicionado a que volviera a Sidney y se hiciera con el control de las empresas de su padre como presidente de la junta directiva. Si esto no tenía lugar en el plazo de tres meses, las acciones de Wolfe en el Consorcio Alexander y sus diversas empresas se venderían y el dinero obtenido se repartiría entre varias organizaciones con fines no lucrativos.

Las acciones de Lara quedarían en fideicomiso hasta que pasaran a sus hijos; ella, por su parte, recibiría los dividendos de dichas acciones.

Si Wolfe se sorprendió al descubrir la existencia de un acuerdo prematrimonial a insistencia de Suzzane no lo demostró mientras el abogado leía el testamento de Suzanne.

Los efectos personales, joyas y dinero en cuentas bancarias pasaban a su única hija, Lara Anne Sommers, al igual que su renta anual y el uso de la residencia principal; el resto de sus bienes quedaban en administración hasta que pasaran en propiedad a los hijos de Lara.

Las implicaciones del testamento de Darius quedaban claras. Intentaba, ya muerto, conseguir lo que no había conseguido en vida: hacer que su único hijo regresara a Sidney y se hiciera con el control de las empresas Alexander.

–Con sumo respeto, le sugiero que tome una decisión lo antes posible respecto al Consorcio Alexander –dijo el abogado. Y Wolf asintió.

El abogado entonces explicó que, debido a la complejidad de las propiedades, tardarían varios meses en dejarlo todo arreglado.

Cuando la consulta llegó a su fin, Lara se puso en pie y, junto a Wolfe, salió a la recepción a recoger su abrigo. Después, ambos se dirigieron hacia los ascensores.

Una vez dentro del ascensor, Lara no pudo evitar pensar en la diferencia entre Wolfe y ella. El oscuro cabello de Wolfe, su marcada estructura ósea y sus oscuros ojos grises dejaban ver claramente su descendencia europea por parte de madre. Mientras que ella tenía el cabello rubio, delicados rasgos y brillantes ojos azules.

Al salir a la calle, vieron que el sol había sustituido a la lluvia. Lara se detuvo vacilante mientras se enfrentaba al duro hecho de que aún no sabía cómo iba a pagar su deuda al falto de escrúpulos prestamista.

Había una casa palaciega en la que podía vivir, pero que no podía vender ni alquilar. Una renta anual generosa y participaciones en unas empresas millonarias, pero había que esperar varios meses de trámites hasta poder recibir dinero. Jamás vendería las joyas de su madre ni los efectos personales de ella. Y tenía un restaurante que iba a tener que cerrar si no recibía alguna ayuda financiera inmediatamente.

Tenía bienes, pero no dinero líquido. Y no tenía ninguna esperanza de conseguir dinero hasta la medianoche de aquel día, momento en el que tenía que pagar al prestamista.

Y ningún banco iba a prestarle semejante cantidad de dinero con tan poco plazo de tiempo aunque presentara copias de los testamentos de Darius y de Suzanne.

¿Se atrevería a pedirle ayuda a Wolfe?

Al momento, se le helaron las venas.

No iba a tener más remedio que hacerlo.

¿Qué podía perder… aparte de su orgullo?

Capítulo 2

¿**P**ODRÍAMOS hablar? –esas pocas palabras le costaron un gran esfuerzo. –
¿Hay algo de lo que quieres hablar conmigo?

Lara le lanzó una rápida mirada.

–Sí.

–En ese caso, hagámoslo mientras almorzamos.

¿Comer con él? En realidad, no quería pasar más tiempo con él que el imprescindible. ¡Algo que no le sobraba era tiempo!

Wolfe notó su vacilación y empequeñeció los ojos ligeramente. Lara estaba demasiado delgada y demasiado pálida.

Sin duda, debía de ser por el sufrimiento de los últimos días, pero… ¿Por qué tenía la impresión de que había algo más? ¿Una ruptura amorosa?

Se dijo a sí mismo que eso no era asunto de su incumbencia, pero no era verdad. A pesar de los años que habían pasado, aún recordaba el enamoramiento adolescente de ella y la forma como él había resuelto el asunto. Recordaba la sorprendente dulzura de la boca de Lara y el modo como había reaccionado a sus caricias.

Le había afectado más de lo que había imaginado posible y le había dejado frustrado y consciente de que podía haberla poseído. ¿Qué se lo había impedido? ¿La conciencia? ¿La culpa? En su momento, se había negado a considerar la posibilidad de que se tratara de algo más y se había aferrado a la oportunidad que se le presentó de ir a Nueva York; una vez allí, había podido concentrar todos sus esfuerzos en amasar una fortuna por sí mismo.

Durante los años siguientes, se había reunido con Darius en distintas partes del mundo y, durante sus poco frecuentes visitas a Sidney, había preferido hospedarse en un hotel a hacerlo en la casa de su padre.

—Los dos tenemos que comer algo —observó Wolfe.

—Está bien, un bocadillo y un café —concedió ella, consciente de que era lo único que podía pagar.

—¿Desde cuándo no tomas una comida decente?

—Por si se te ha olvidado, te recuerdo que me paso el tiempo en una cocina, es mi trabajo.

—Sí, pero cocinas para los clientes.

—Naturalmente —respondió ella.

—¿Tanto te repele pasar una o dos horas almorzando tranquilamente conmigo?

Difícil y enervante, sí; pero repelente… No, claro que no.

Lara cerró los ojos y luego volvió a abrirlos.

—No, por supuesto que no.

Estaban caminando por una concurrida calle del centro y Lara vaciló cuando Wolfe indicó un restaurante que ella sabía que era sumamente caro.

—Tranquila.

¡Sí, claro, como si fuera tan fácil!

El maître lanzó una rápida mirada a Wolfe, notó que era un hombre con dinero y les llevó a una mesa en un buen lugar del comedor.

En cuestión de minutos, se acercó el camarero encargado de las bebidas. Ambos pidieron agua.

El menú ofrecía una gran variedad.

—¿Te apetece algo en especial?

—No tengo mucha hambre.

Wolfe le lanzó una rápida mirada y, a continuación, pidió por los dos: dos primeros y dos segundos, dejando el postre para después.

Lara abrió la boca para protestar, pero volvió a cerrarla bajo la severa mirada de él.

—¿En serio quieres que discutamos?

Sintió la tentación de pedirle dinero inmediatamente y marcharse de ahí, pero sabía que tenía que mantener las formas.

Wolfe se había transformado en un hombre poderoso y había logrado un gran éxito en los negocios. Darius les había hablado, con orgullo, del piso de Wolfe con vistas al Central Park de

Nueva York y de sus residencias en Londres y en el sur de Francia.

Entretanto, ella era casi una mendiga, endeudada hasta las cejas.

¡Qué diferencia!

Los primeros platos eran excelentes; sin embargo, dado su estado de nervios, apenas podía abrir la boca.

–Come, Lara.

Ella obedeció.

–¿Cuánto tiempo piensas quedarte en Sidney?

–El que sea necesario –respondió él escuetamente.

Una contestación ambigua que no revelaba nada.

¿Iba Wolfe a cumplir las condiciones impuestas por Darius en su testamento?

Lara movió la comida que tenía en el plato; pero estaba tan nerviosa que no se atrevía a levantar el tenedor.

–Querías hablar conmigo de algo, ¿no? –le dijo Wolfe, notando su expresión angustiada.

Y ella no tuvo más remedio que explicarle su situación y pedir su ayuda.

–¿Cuánto dinero necesitas?

Lara mencionó una cifra y Wolfe ni siquiera parpadeó.

–¿Lo quieres como regalo?

–¡No! ¡No, claro que no! Lo que te estoy pidiendo es un préstamo. Te pagaré hasta el último céntimo y con intereses.

–¿Un préstamo a qué plazo?

Lara le contestó, añadiendo:

–O menos –dijo rápidamente–. Podría utilizar la renta anual de Suzanne y hacerte una transferencia en cuanto la reciba.

Wolfe la miró fijamente y contestó:

–No.

Lara palideció al instante. No tenía a nadie más a quien recurrir.

El prestamista le había prestado dinero con la condición de devolverlo a corto plazo y un impago le acarrearía terribles consecuencias.

De repente, sintió el deseo de agarrar el salero que había encima de la mesa y tirárselo a la cara. Conscientemente, posó las manos en sus piernas en un esfuerzo por controlarse. Pero al momento se puso en pie, incapaz de seguir en compañía de él un segundo más.

–Vuelve a Nueva York y que te vaya bien.

–Siéntate –los oscuros ojos grises de Wolfe se clavaron en ella–. Aún no he acabado.

–¡Pero yo sí!

Lara se dio media vuelta, pero al instante él le agarró las muñecas, sujetándola.

–Suéltame.

–Siéntate… por favor.

–¿Para qué?

–Para dejar que termine de hablar –contestó Wolfe con expresión impasible.

–No sé si quiero seguir oyéndote.

No se dio cuenta de que Wolfe la conducía de

nuevo a la silla y la hacía sentarse hasta que le soltó las muñecas y volvió a ocupar su asiento.

–Pagaré tus deudas.

–No lo comprendo. Acabas de decirme que no.

–Que no te iba a hacer un préstamo –le corrigió Wolfe–. Y que no voy a aceptar que transfieras a una de mis cuentas la renta anual que recibas de Suzanne.

¿Por qué, de repente, Lara sintió un escalofrío recorrerle el cuerpo?

–Tal y como están las cosas, el futuro del Consorcio Alexander está en peligro. Tu mitad pasará a la nueva generación, a tus hijos. En tanto que la mía desaparecerá completamente si no me traslado a Sidney –Wolfe clavó los ojos en los suyos–. Y no creo que esa fuera la intención de Darius respecto a su consorcio, cuyo valor es de miles de millones de dólares.

Lara sabía que Darius había acumulado una inmensa fortuna, pero... ¿tanto?

–Entonces, te trasladarás a Sidney –no fue una pregunta, sino una aseveración.

–Cumpliré los deseos de mi padre –le informó él en tono suave, haciendo una pausa cuando el camarero les retiró los platos para llevarles el segundo–. Consolidar los negocios es fundamental para el futuro del consorcio, ¿no te parece?

Solo había una posible respuesta a la pregunta.

–Sí.

Wolfe observó la expresión de Lara, adivinando su aprensión y su ligera curiosidad. Entonces, se lanzó al ataque final.

—Me aseguraré de que el dinero que necesites esté en tu cuenta bancaria en un plazo máximo de veinticuatro horas.

El alivio de ella era casi palpable.

—Gracias.

—Es más, depositaré el doble de esa cantidad que necesitas con el fin de que saldes el resto de tus deudas y de que pagues el sueldo a tus empleados.

El camarero les llevó el segundo plato y Lara esperó a que se retirara para decir:

—Eres increíblemente generoso.

—Saldaré la hipoteca del restaurante y pagaré las obras que creas necesarias para su remodelación.

Tenía que haber una trampa en todo aquello. Tenía que haber un precio.

—¿A cambio de qué? —preguntó Lara reclinándose en el respaldo de su asiento.

Wolfe arqueó las cejas y respondió en tono ligeramente burlón:

—De que ocupes mi casa, mi cama.

Los ojos de ella lanzaron chispas.

—¿Quieres que me convierta en tu amante?

—No.

—Entonces… ¿en qué?

—En mi esposa.

Capítulo 3

DURANTE un momento, Lara se quedó sin habla. –
Si se trata de una broma, es de muy mal gusto –dijo ella con voz temblorosa.

Wolfe la observó en silencio mientras veía cómo los ojos de ella se dilataban y oscurecían al tiempo que sus labios entreabiertos indicaban que estaba conteniendo la respiración.

–No es posible que hables en serio –añadió Lara.

La idea era ridícula. Imposible.

–Completamente en serio –le aseguró Wolfe solemnemente.

–¿Por qué? –preguntó ella con voz ahogada.

–Hijos.

A Lara le llevó varios segundos comprender antes de que Wolfe se lo dijera explícitamente:

–Nuestras acciones en el Consorcio Alexander están condicionadas a que tú tengas hijos y a mi situación también. Lo que, con el tiempo, creará dificultades y, al final, el consorcio acabará desintegrándose con la siguiente generación. Eso no ocurrirá si tú y yo nos casamos y los hijos son de los dos.

–¿Estás ofreciéndome un matrimonio como negocio con el fin de que todo quede en la familia? –dedujo Lara con fingida calma.

–¿Te molesta?

–¡Sí, claro que sí! –Lara respiró profundamente y soltó el aire despacio–. ¿Estás proponiéndome un matrimonio de conveniencia? ¿Un matrimonio que implicaría…?

–Compartir una casa y ser socios dentro y fuera de la cama. Y una generosa renta –Wolfe se encogió de hombros–. Además de un envidiable estilo de vida e… hijos. ¿No te parece suficientemente claro?

Wolfe estaba tranquilo. Demasiado tranquilo. Como un depredador a punto de lanzarse sobre su presa.

–Y si me niego no harás la transferencia bancaria, ¿verdad?

–Así es.

Lara agarró la copa de agua y apenas pudo contener el deseo de arrojársela a la cara.

–Una esposa comprada.

La expresión de él se endureció ligeramente y sus ojos grises adquirieron la tonalidad de la pizarra.

–No rechaces la oferta sin considerarla, Lara –le advirtió Wolfe con peligrosa calma–. No tienes más opciones.

¡Y bien sabía ella que era verdad!

–¿Y esperas que acepte sin más?

Wolfe se recostó en el respaldo de su asiento.

–Tú tienes la última palabra.

Aquello era como pactar con el diablo.

–Si… si accediera… ¿cuándo piensas que debería celebrarse la boda? –preguntó ella con voz dura.

–Tan pronto como sea posible. Dame los papeles que necesite para saldar tus deudas y me encargaré de hacerlo.

–¿Cuándo? –parecía mercenario, pero ya no le importaba nada.

–El dinero estará en tu cuenta bancaria mañana.

Lara alzó la barbilla. Aquello era un negocio, nada más.

–Quiero continuar llevando mi restaurante.

La expresión de Wolfe se endureció.

–Podrás mantener tu restaurante como inversión, pero tu trabajo en él será mínimo –respondió Wolfe.

De repente, Lara casi no podía respirar.

–¿Qué has dicho?

–Ya me has oído.

Wolfe había sido tajante, no le dejaba opción, y ella casi no pudo resistir la tentación de decirle exactamente lo que podía hacer con su proposición.

«Piensa», se dijo a sí misma.

Si rechazaba la proposición, lo perdía todo.

Además su matrimonio no tenía que durar toda la vida.

Si le daba un heredero…

No obstante, ¿cómo iba ella a abandonar a su propio hijo?

–No esperas que te dé una respuesta ahora mismo, ¿verdad?

–Esta noche.

–Esta noche trabajo –Lara se miró el reloj y se puso en pie–. ¡Qué demonios, ahora mismo tengo que ir al trabajo! Termino entre las once y las doce de la noche.

Wolfe llamó al camarero, se sacó la cartera y pagó la cuenta.

–Te llevo al trabajo.

–Puedo tomar el tren –dijo ella mientras se encaminaban hacia la salida.

–No.

¿Para qué discutir? Llegaría al trabajo antes en coche que utilizando el transporte público.

Unos minutos más tarde, Wolfe abrió las puertas de su Lexus negro e inmediatamente se pusieron en marcha.

El barrio Rocks estaba lleno de cafés y restaurantes y Lara le indicó donde podía aparcar en doble fila delante de su restaurante.

Wolfe le dio una tarjeta con su número de teléfono móvil.

–Espero tu llamada.

Lara metió la tarjeta en su bolso, salió del coche y, caminando rápidamente, entró en el restaurante por la entrada lateral.

En una pequeña habitación del fondo, se puso

su uniforme de chef, un delantal y su gorro de cocinera… y se puso a trabajar.

Faltaba un empleado, lo que provocaba caos en la cocina, retrasos, malhumor y tres pares de manos haciendo el trabajo de cuatro.

Shontelle era la maître. Se ocupaba de las reservas, recibía a los clientes y les daba mesa. Sally era la jefa de camareros. Ambas llevaban con ella desde la apertura del restaurante y las tres eran grandes amigas.

A eso de las diez el restaurante empezó a vaciarse y a las once solo quedaban unos pocos clientes.

Fue un alivio cuando se fueron los últimos comensales. Se cerraron las puertas y el personal de cocina acabó el trabajo. Lo único que quedaba por hacer era limpiar. Algo que no llevó mucho tiempo con Sally colocando las sillas encima de las mesas y Lara pasando la aspiradora.

Lara no había tenido mucho tiempo para considerar la proposición de Wolf hasta ese momento y, de repente, empezó a pasar la aspiradora con renovada energía debido a los nervios.

Wolfe le había ofrecido una salida a su situación.

¿Qué otra opción tenía?

¿Desaparecer y asumir otra identidad? ¿Ponerse en contacto con la policía y acusar al prestamista de amenazas contra su integridad física?

Además no estaba acostumbrada a huir.

La proposición consistía en casarse con un

multimillonario, llevar un estilo de vida envidiable y tener uno o dos hijos con él.

Cualquier mujer estaría encantada.

Entonces, ¿cuál era el problema?

El problema eran sus sentimientos respecto a
Wolfe.

No había conocido a ningún hombre que la
afectara como él. A los diecisiete años, cuando le
conoció, casi le asustó la sexualidad que él ema-
naba. Y no había logrado liberarse por completo
de su efecto.

Por supuesto, había madurado e incluso había
tenido alguna relación amorosa, pero ninguna de
estas relaciones la había afectado tanto emocionalmente como Wolfe.

–Ya está, hemos acabado.

La voz de Sally la sacó de su ensimismamiento y la hizo volver al presente. Lara desenchufó
la aspiradora, la guardó y se cambió de ropa.

–Tengo que hacer una llamada telefónica.

Podía elegir entre utilizar el teléfono del restaurante, llamar desde una cabina o hacerlo desde el pasillo del hostal.

–Pondré algo de música mientras te espero –
dijo Sally.

Tenían una regla: ninguna de las mujeres em-
pleadas salía sola a esas horas de la noche.

–No tardaré –Lara sacó la tarjeta de Wolfe del
bolso y se dirigió al teléfono. Los nervios se le
habían agarrado al estómago.

Wolfe contestó a la tercera llamada.

—Soy Lara —dijo ella.

—¿Has tomado ya una decisión?

—Sí.

—¿Y?

—Sí.

—Mañana me pondré en contacto contigo para discutir los detalles importantes.

A Lara le llevó varios segundos darse cuenta de que Wolfe había cortado la comunicación.

¡Al menos, podía haber agradecido que hubiera aceptado el trato!

Pero… ¿por qué se sorprendía? ¿Qué había esperado?

No, los sentimientos no entraban en juego por parte de Wolfe.

¿Y por qué le importaba eso a ella?

Con solo pensar en Wolfe como su marido se le aceleraba el pulso.

«¡Oh, por el amor de Dios, contrólate! Wolfe es un hombre como cualquiera». Pero sabía que eso no era verdad.

¿Cómo sería como amante?

«Ni se te ocurra pensar en eso», se dijo a sí misma. Al menos, no por el momento.

Lo mejor era no pensar y mantenerse ocupada.

Echaría un vistazo a las ventanas, para ver si estaban todas cerradas, a las puertas, conectaría la alarma y cerraría.

Se trataba de la rutina nocturna ejecutada entre dos antes de salir a la calle y dirigirse a la estación.

Lara respiró profundamente, agarró su bolso y luego le hizo una señal a Sally, indicándole que estaba lista para marcharse.

Hasta que no estuvo en el vagón de tren no se acordó de que tenía que haber llamado esa misma noche al prestamista con el fin de pedirle que le prolongara el plazo de pago veinticuatro horas, pago que se efectuaría en dinero.

El estómago le dio un vuelco al mirarse el reloj.

El plazo de pago se acababa a las doce de la noche.

Tenía que hacer esa llamada… y cuanto antes. Tenía que explicar la situación y dar el nombre de Wolfe como garantía de que el dinero sería devuelto al día siguiente.

Cuando llegó a su estación de tren y salió del vagón, tuvo que contenerse para no ir corriendo al hostal.

El barrio de Darlinghurst, en el centro de la ciudad, no era un lugar muy recomendable para andar de noche por sus calles.

Lara sintió un gran alivio al entrar en el hostal. Inmediatamente, sacó unas monedas del bolso para echarlas en el teléfono del pasillo de la casa.

Llamó al prestamista, pero no hubo respuesta. Volvió a marcar el número y, unos segundos más tarde, apareció un hombre que, colocándole una mano bajo la mandíbula, la levantó del suelo y la estrelló contra la pared.

El miedo se apoderó de ella.

—Si para mañana a medianoche no has pagado… te arrepentirás.

Entonces, él la soltó y salió por la puerta delantera mientras ella se dejaba caer en el suelo.

—Eh, ¿te pasa algo?

Lara alzó la mirada y reconoció a uno de los huéspedes, un hombre. Trató de hablar, pero no logró que ningún sonido saliera de su garganta.

—¿Necesitas ayuda?

«¡No puedes imaginar cómo!»

—¿Quieres que llame a alguien?

Solo había una persona que podía arreglarlo todo. Lara sacó de su bolso la tarjeta de Wolfe e indicó el número de teléfono móvil escrito en la tarjeta.

Fue apenas consciente de un breve monólogo. Después, el huésped la acompañó a su habitación, la hizo sentarse y le puso una toalla mojada en la garganta.

Lara no sabía decir cuánto tardó Wolfe en aparecer; sin embargo, de repente, ahí estaba, llenando la habitación con expresión muy seria mientras la miraba.

Wolfe no dijo nada mientras se la acercaba, y ella no apartó los ojos de él mientras se arrodillaba a su lado.

Con cuidado, Wolfe le quitó la toalla de la garganta y se la acarició con las yemas de los dedos.

Lara le vio darle las gracias al huésped que

había acudido en su ayuda antes de que este se marchara y cerrara la puerta tras de sí. Entonces, Wolfe se volvió de nuevo hacia ella.

–Dame el teléfono del prestamista.

Lara sacó la tarjeta de su bolsillo y se la dio a Wolfe, observándole mientras él hacía la llamada.

Hubo duras palabras mientras Wolfe arreglaba la cita para pagar la cantidad debida. Después, Wolfe se metió su teléfono móvil en el bolsillo de la chaqueta y sacó su billetera.

–¿Qué dinero debes aquí?

Lara había pagado el alquiler por adelantado y no debía nada. Intentó hablar, solo le salió un graznido de la garganta y recurrió a hacer señas con las manos. Después, vio a Wolfe dejar un billete de los grandes debajo de las llaves de ella, que estaban encima de la cómoda.

La habitación era espartana, con una cama estrecha, una cómoda, una silla y un armario diminuto. El baño, la cocina y el comedor eran compartidos. Había un cuarto para lavar en una extensión al fondo de la casa.

–¿Tienes maleta?

Lara le miró con perplejidad.

–No te vas a quedar aquí –añadió Wolfe.

Lara estaba cansada y nerviosa, pero sacudió la cabeza. ¿Adónde iba a ir a esas horas de la noche?

–Mi hotel –dijo él, como si ella hubiera hablado.

Y Lara se dio cuenta de que era inútil discutir con Wolfe.

Wolfe abrió el armario, sacó una bolsa de deportes y la colocó encima de la cama.

Lara se puso en pie y comenzó a abrir cajones, negándose a permitir que Wolfe le hiciera su equipaje.

Hicieron el trayecto en silencio y pronto llegaron al hotel Darling Harbour. Allí, tras pasar de largo el mostrador de recepción, entraron en el ascensor y Wolfe pulsó el botón del último piso.

Lara rezó por que Wolfe no la obligara a compartir su suite. Al menos, si lo hacía, esperaba que hubiera dos camas o un sofá.

–Tranquilízate –dijo él unos minutos más tarde mientras abría la puerta–. Y aunque prefiero tener mi propia habitación, tu seguridad es lo primero. Así que no hay nada que discutir.

–No quiero compartir habitación contigo –logró decir ella.

Wolfe la miró de arriba abajo.

–Aguántate, Lara. En este momento, la seducción no entra en juego.

¿Y eso la iba a tranquilizar?

Era una suite grande, notó Lara mientras Wolfe encendía las luces, con dos camas grandes. También había dos sillones junto a una pared de cristal con las cortinas echadas, un escritorio con fax, conexión a Internet, una televisión y un minibar.

Wolfe soltó la bolsa de ella; después, se acercó al teléfono que había en una de las mesillas de noche, se puso en contacto con Recepción y pidió un médico.

Lara sacudió la cabeza.

—No.

—¿Qué prefieres, el médico de aquí o que te lleve al hospital?

Lara, con un encogimiento de hombros, se dio por vencida.

—Siéntate.

Lara se le quedó mirando mientras Wolfe se quitaba la chaqueta. Luego le vio agarrar una toalla, sacar hielo de la nevera y envolver unos cubitos de hielo con la toalla. Después, se la colocó alrededor del cuello.

—Sujétala ahí.

Entonces le vio acercarse al mostrador y encender la tetera eléctrica. No pudo evitar admirar la impresionante anchura de sus hombros y la agilidad de sus movimientos.

Unos minutos más tarde, Wolfe le dio una taza de té y, tras sentarse en uno de los sillones, se la quedó mirando.

Lara bebió el té despacio.

—¿Hay algo más que no me hayas dicho? —le preguntó Wolfe con voz suave.

—No —respondió Lara, demasiado consciente de la tontería que había hecho al no llamar al prestamista antes de marcharse del restaurante.

—No habría cambiado nada. Te habías retrasado en la devolución del préstamo y los prestamistas son famosos por sus duras tácticas.

Los ojos de ella se agrandaron al clavarse en los de Wolfe.

¿Acaso Wolfe leía el pensamiento?

¿O tan transparente era ella?

–Bébete el té. El médico va a venir enseguida.

El médico apareció a los diez minutos y, tras un examen, declaró que el hematoma en la garganta desaparecería en poco tiempo y que podría volver a hablar normalmente a la mañana siguiente. Después de darle un sedante y unos calmantes, se marchó.

Lara sacó de la maleta algunas cosas y se fue a dar una ducha. Cuando terminó, se puso una camiseta grande y larga, se recogió el cabello en una coleta y, al salir del baño, encontró a Wolfe esperándola con unas pastillas y un vaso de agua en las manos.

–Tómate esto y acuéstate. Se te ve cansada.

Sin mediar palabra, Lara se tomó las pastillas y se acostó en la cama más próxima a la pared de cristal.

Y se sumió en un profundo sueño casi al instante.

Capítulo 4

LARA se despertó, consciente de la luz cuando su subconsciente esperaba oscuridad, y lo primero que notó fue el olor a café recién hecho. Despacio, cambió de postura en la cama y abrió los ojos.

La habitación del hotel, Wolfe…

La luz de la lámpara brillaba en el escritorio donde Wolfe estaba sentado escribiendo en su ordenador portátil.

¿Qué hora sería? Su reloj… ¿dónde estaba?

Miró encima de la mesilla de noche, vio el reloj despertador cerrado y lo abrió.

Las seis.

El mercado. Si no se daba prisa, no iba a llegar al mercado central de pescado.

Rápidamente, se levantó de la cama, se puso los pantalones vaqueros y una sudadera.

–¿Qué haces?

Lara miró a Wolfe mientras se ponía las playeras.

–Me voy al mercado central de pescado –respondió ella–. Hace una hora que debería estar allí.

El somnífero que había tomado debía ser responsable de que no hubiera oído el despertador. O quizá se había olvidado de ponerlo.

Fuera lo que fuese, ya daba igual. Lo principal era llegar al mercado antes de que los pescaderos recogieran sus cosas y se marcharan a hacer los repartos.

–Haz el pedido por teléfono.

–No hago mis compras por teléfono.

Se recogió el cabello en una cola de caballo, agarró su chaqueta y el bolso y cruzó la habitación… Pero se topó con Wolfe bloqueándole el paso.

Con pantalones vaqueros y una camisa de algodón, exudaba virilidad, a lo que había que añadir el hecho de que no se había afeitado todavía y eso le confería un aire primitivo imposible de ignorar.

–¿Por qué?

–Porque, para obtener una mayor calidad, tengo que elegir personalmente el pescado –explicó ella.

Wolfe se la quedó mirando.

–Has dormido menos de cinco horas.

–Eso no es nada nuevo. Y ahora, ¿te importaría continuar con esta conversación más tarde?

Sin decir nada más, Wolfe se puso una chaqueta, agarró la cartera y las llaves de la habitación y dijo:

–Vámonos.

Lara abrió la boca para protestar, pero volvió a cerrarla y le siguió hasta los ascensores.

El conserje se encargó de llevar el coche de Wolfe a la puerta del hotel, ella le indicó el camino hacia el mercado y, al cabo de un rato, llegaron a tiempo de ver a los pescadores cargando sus furgonetas con lo que les quedaba de pescado.

Sin decir nada, Lara salió del coche y agitando la mano, llamó a dos hombres, llamándoles por su nombre, mientras corría hacia ellos.

Wolfe apagó el motor del coche, salió y se apoyó en el vehículo mientras veía a Lara disculpándose antes de pedir que la dejaran ver el pescado y los crustáceos para hacer su pedido diario.

Wolfe vio el cambio de irritación a aceptación en las expresiones de los hombres y también la sonrisa de Lara como respuesta.

Poco tiempo después, Lara volvió al coche y él se enderezó.

—Parece que lo has logrado.

Así era.

—Gracias.

—¿Ya está? ¿Ya has terminado?

—De momento.

—¿Por qué tengo la sensación de que hay algo más?

Lara se acercó a la portezuela del coche al tiempo que repasaba la lista de las cosas que tenía que hacer y la abrió.

—Todavía tengo tiempo para dormir una hora más antes de desayunar e irme al restaurante para estar allí a las nueve.

Wolfe se la quedó mirando.

–No, hoy no.

–Hoy sí –Lara entró en el coche.

Wolfe se colocó al volante y encendió el motor antes de lanzarle una seria mirada.

–No es negociable.

–¡Que te crees tú eso! –exclamó Lara echando chispas–. Nuestro trato, por llamarlo de alguna manera, comienza el día en que firmemos el certificado de matrimonio.

Que, con un poco de suerte, no ocurriría hasta dentro de una semana por lo menos.

Lara necesitaba tiempo para hacerse a la idea de que iba a acostarse con él. Tan solo pensar en ello le aceleraba el pulso y la desequilibraba.

Ojalá pudiera disfrutar del lado físico sin que sus emociones estuvieran implicadas. Ojalá pudiera hacer que participara solo su cuerpo, no la mente.

No obstante, eso no era posible. Wolfe le había provocado una respuesta emocional desde el primer momento y eso no había cambiado a pesar de los diez años que habían transcurrido desde entonces.

Y ahora iba a adoptar su apellido, iba a compartir su cuerpo con el de él e iba a intentar fingir que no pasaba nada.

En cuestión de minutos llegaron al hotel.

–Voy a ir al gimnasio a hacer un poco de ejercicio –dijo Wolf mientras abría la puerta de la suite.

Lara se quitó las zapatillas de deporte y la chaqueta; después, conectó la alarma del despertador y, para mayor seguridad, llamó por teléfono a recepción para que la despertaran.

Mientras hacía eso, Wolfe se puso un chándal y, con una toalla al hombro, salió de la suite mientras ella se acostaba.

Lara estaba tan acostumbrada a acostarse un rato a esas horas de la mañana que se durmió en cuestión de minutos.

La alarma del despertador y el teléfono, simultáneamente, la despertaron. Después de colgar y desconectar la alarma, se sentó en la cama… y vio a Wolfe sacando el desayuno de la bandeja y colocándolo encima de la mesa.

—Hola.

—¿Has dormido bien?

Wolfe se había duchado, se había afeitado e iba vestido con un traje y una camisa con el botón del cuello desabrochado.

—Sí, estoy acostumbrada a este horario —respondió Lara.

Wolfe le indicó la mesa.

—Ven a desayunar antes de que se enfríe.

Lara se puso en pie y, con un rápido movimiento, se soltó el elástico que le sujetaba los rubios cabellos.

—Concédeme unos minutos.

Lara agarró ropa limpia e intentó ignorar el vuelco que le dio el estómago al pasar al lado de él.

Acabó en cuestión de minutos y salió del

baño sintiéndose mucho más preparada para enfrentarse a lo que le estuviera esperando ese día.

El café, solo y con azúcar, le supo a gloria. Los huevos estaban muy buenos y los saboreó con apetito.

–Hoy por la mañana, lo primero es una cita con el abogado –comenzó a decir Wolfe–. Seguida de unas visitas a agencias inmobiliarias.

–¿Tienes intención de comprar una casa?

–Tenemos que vivir en alguna parte.

La utilización por parte de Wolfe de la primera persona del plural le produjo una extraña sensación en el estómago. Rápidamente, tomó un sorbo de café y, luego, con cuidado, dejó la taza en el platito. Estaba la casa en la que habían vivido Darius y Suzanne...

–No –declaró Wolf, interpretando correctamente la dirección del pensamiento de ella–. Eso está fuera de discusión.

Si tan decidido estaba Wolfe a comprar, ¿por qué iba ella a discutir?

–Después de almorzar, iremos a hacer unas compras antes de que yo me reúna con los directivos de las empresas de Darius.

Wolfe trabajaba rápidamente, pensó Lara, que alzó la barbilla y lo miró a los ojos.

–Podrías haberme consultado primero. Falta personal en el restaurante, por lo que es necesario que yo vaya. Con tan poco tiempo, no puedo encontrar a nadie que me reemplace.

–Encuentra a alguien.

–Sí, claro, con la barita mágica que tengo por ahí –Lara se miró el reloj–. Es más, tengo que estar en el restaurante dentro de media hora.

–Hazlo, Lara –dijo él con expresión impasible.

–¿O lo harás tú?

Wolfe arqueó una ceja con gesto burlón.

–Sí.

–Contratar al personal de mi restaurante es asunto exclusivamente mío –logró decir ella con calma.

–Haz que sea una prioridad. Nuestro matrimonio va a tener lugar el domingo por la mañana; después de la ceremonia, tomaremos un avión a Nueva York.

–¿Qué?

Wolfe se recostó en el respaldo de su silla y la miró fijamente.

–Ya me has oído.

Apenas controlando los nervios, Lara apartó su plato con una mano.

–¿Puedo opinar?

–No.

–¿Por qué? No creo que sea necesario que yo vaya a Nueva York. Tú vas a estar ocupado con tus negocios durante todo el día y…

–Compartiendo la cama contigo por la noche.

A Lara le pareció que se le paraba el corazón. Por fin, se acordó de respirar.

–Sí, claro, cumplir con mi parte del trato. ¡Cómo se me ha podido olvidar!

–¿Debo tomármelo como un cumplido o como un insulto?

–Como un insulto, por supuesto.

La suave risa de Wolfe le erizó la piel. Una reacción que se negó a analizar.

Para sobrevivir viviendo con Wolfe tenía que fingir, aparentar lo que no sentía.

–Termínate el café –Wolfe se miró el reloj–. Tenemos que marcharnos.

Sin más, se acercó al escritorio y agarró las llaves.

Lara quería protestar y estuvo a punto de hacerlo; pero al mirar esos ojos grises supo que tenía que darse por vencida. A continuación, se puso unos zapatos cómodos, se pintó los labios, agarró su bolso y salió con Wolfe de la suite.

Los asuntos a tratar con el abogado fueron sencillos; Lara, por su parte, insistió en establecer un acuerdo prematrimonial que liberaba a Wolfe de cualquier tipo de obligaciones para con ella a excepción de proporcionarle un hogar y una generosa renta. Los posibles hijos nacidos de su matrimonio serían responsabilidad de ambos en términos económicos.

Firmaron diferentes documentos y el abogado les felicitó y les expresó sus mejores deseos para ambos.

El domingo. Cinco días.

«No pienses en ello», se ordenó Lara a sí misma mientras iban hacia el coche de Wolfe. «Piensa solo en el día a día y haz lo que puedas».

Cosa nada fácil para una perfeccionista. Sobre todo, tratándose de encontrar un chef en tan poco tiempo.

La lista de cosas que tenía que hacer aumentaba por momentos en su mente mientras Wolfe sacaba el coche del aparcamiento.

–¿Tienes algún familiar que quieras que venga a la ceremonia el domingo? ¿Tu padre, por ejemplo?

Suzanne había sido hija única, por lo que ella no tenía ni tíos ni primos. Solo su padre, que se había negado a asistir al funeral de su exesposa y que, casi con seguridad, se negaría a asistir a la boda de su hija.

–No.

No tardaron mucho en llegar al restaurante y, en el momento en que Wolfe paró el coche, ella se desabrochó el cinturón de seguridad y agarró la palanca de la puerta para abrir.

–Gracias.

–Llámame al móvil cuando termines.

Lara, ya a punto de cerrar la portezuela del coche después de haber salido, se detuvo y le miró.

–Hazlo, Lara –repitió él.

Lara, sin decir nada, cerró la puerta y sacó las llaves del restaurante de su bolso.

Ese día trabajaron mucho. Cuando llegó el mediodía, todos los empleados de Lara sabían que se iba a Nueva York, que iba a casarse y que,

tal y como ella les había dicho, todos conserva-
ban su empleo.

No obstante, Shontelle y Sally se negaron a
aceptar los hechos sin expresar su preocupación
y sus reservas.

–¿Por qué y por qué las prisas? –preguntó
Sally.

–Wolfe tiene que volver a Nueva York y quiere que estemos casados antes de marcharnos.

–Eso lo entiendo. Sin embargo, hay cosas que
no entiendo –declaró Shontelle con el ceño frun-
cido.

–Estoy totalmente de acuerdo –dijo Sally–.
Por ejemplo, no veo que estés encantada de casarte, no se te ve enamorada. Así que… ¿qué es
lo que pasa?

Lara sabía que ambas se merecían que fuera
sincera con ellas después de todo lo que habían
pasado juntas y de lo mucho que la habían apoyado cuando Paul, su antiguo socio, la dejó, llevándose el dinero.

Por tanto, les ofreció una muy breve versión
de la situación, limitada a una frase, y luego explicó:

–Siento haber confiado en Paul y, después de
lo que me hizo, me avergoncé de mí misma por
no haberlo visto venir. He luchado mucho por no
perder el restaurante, algo que no habría logrado
sin vuestra ayuda –dijo Lara con sinceridad–. En
lo que a Wolfe se refiere, le aprecio, sé que es un
hombre honorable y que mi vida será agradable

con él. Nuestro matrimonio es una solución de sentido común.

–¿Y te conformas con eso de «sentido común»? –inquirió Sally con preocupación–. Si te hace sufrir, lo pagará.

–¿Cuándo vamos a conocerle? –preguntó Shontelle con decisión.

–¿Para darle un repaso a su físico y someterle a un interrogatorio de tercer grado? –bromeó Lara.

Después de unas cuantas llamadas, había seleccionado a dos aspirantes para el puesto de chef y había concertado dos entrevistas por la tarde; ambos presentaron impresionantes currículum, aunque había que comprobar las referencias. Si estas eran satisfactorias, les haría una prueba a cada uno los dos días siguientes.

Después, empezaron con los preparativos antes de la cena. A eso de las nueve de la noche, los pedidos de primeros platos empezaron a disminuir y aumentaron los postres y los cafés.

–Un grupo de cinco y un tipo impresionante, este último va solo –dijo Sally apareciendo en la cocina para pedir los menús–. Del uno al diez, el tipo solo es un once.

Lara se limitó a arquear una ceja, leyó el pedido y se dispuso a prepararlo.

Sally había iniciado un juego destinado a conceder puntuación a los hombres atractivos que frecuentaban el restaurante.

–Bueno, voy a mostrar mis encantos –dijo Sally sonriendo traviesamente al tiempo que agarraba una botella de agua del frigorífico antes de salir de la cocina.

«Buena suerte», pensó Lara mientras se ponía a freír un solomillo.

–Creo que me he enamorado –anunció Sally al regresar, recibiendo una significativa mirada de Lara–. Sí, ya lo sé, él no se va a fijar en mi. Pero una puede soñar, ¿no?

–Eres imposible.

Sally sonrió mientras colocaba el pedido en una bandeja.

–Ayuda a pasar el tiempo, cielo.

Sí, era verdad.

Después de un tiempo de intenso trabajo en la cocina, Lara contuvo un bostezo. Pronto, Sally empezaría a pedir los cafés y Gina podría volver a la cocina para empezar a limpiar.

Lara miró hacia la puerta en el momento en que Shontelle entraba y se le acercaba.

–Felicitaciones al chef del caballero de la mesa siete.

Bien, pasaría al comedor, saludaría a los clientes frecuentes y agradecería el halago.

Después de varios minutos de ir de una mesa a otra, llegó a la mesa siete y vio quién estaba allí sentado.

¿Wolfe en su restaurante? ¿Qué se traía entre manos?

–No me lo digas. No sabías qué clase de restaurante tengo y has venido a examinarlo, ¿eh? –comentó Lara.

–No. He terminado tarde y, como no había comido nada, he decidido venir aquí en vez de pedir que me subieran la cena a la habitación del hotel.

Lara ladeó la cabeza.

–Es lógico.

–Acompáñame a tomar el café.

–La cocina me espera.

Wolfe esbozó una leve sonrisa.

–Y yo te esperaré a ti entonces.

Y así hizo, esperó hasta que el último cliente desapareció por la puerta. Entonces, Lara no tuvo más remedio que presentarle a sus empleados, pensando que esa había sido la intención de Wolfe al presentarse en el restaurante. Y a petición de él, Shontelle sacó dos botellas de champán.

El brindis fue casi surrealista, igual que lo fueron las felicitaciones.

–¡Guau! –exclamó Sally en un aparte–. No le doy once, sino veinte. Y retiro las reservas que te expresé esta tarde.

Era medianoche cuando Lara cerró la puerta del restaurante. Wolfe tenía aparcado el coche en la calle y Lara expresó su preocupación respecto a que Sally se marchara sola a esas horas.

–¿En serio no tienes problemas en ir sola?

–Llevo tomando el tren toda la vida –le aseguró Sally.

Wolfe indicó su coche.

–Te llevaré a tu casa.

Durante el trayecto, Sally fue quien mantuvo la conversación animada, cosa que Lara le agradeció en silencio.

–Bueno, gracias. Hasta mañana.

Wolfe esperó a que Sally desapareciera por la puerta de su casa antes de volver a poner en marcha el coche.

Una vez en la suite del hotel, Lara se quitó los zapatos, agarró la ropa con la que iba a acostarse y fue directamente al baño.

Wolfe estaba de pie examinando algo en su ordenador portátil cuando ella salió del baño. Al verla, salvó el archivo que estaba mirando y apagó el ordenador.

Él se fijó en la palidez del rostro de Lara y en sus ojeras.

–Tómate algo para el dolor de cabeza.

–No necesito que hagas de enfermera –«ni de niñera», añadió ella en silencio.

Los ojos de él oscurecieron y el pulso de ella se aceleró.

–¿Has encontrado ya a alguien que te sustituya?

Lara cerró los ojos y luego, despacio, volvió a abrirlos.

–¿Quieres que te dé un informe diario?

–Me bastará con un simple sí o no.

–Dos entrevistas con dos pruebas durante las próximas dos noches. ¿Satisfecho?

–No del todo.

Wolfe se acercó a ella y, súbitamente, le acarició la mejilla.

–¿Qué haces?

Wolfe sonrió mientras bajaba la boca hasta quedar a escasos milímetros de la suya.

–¿Necesitas que te lo explique?

Los labios de él le acariciaron los suyos y el corazón pareció querer salírsele del pecho cuando Wolfe se los acarició con la punta de la lengua antes de adentrarse por completo en su boca.

Lara sintió las manos de Wolfe por debajo de la camiseta hasta cubrirle las nalgas y apretárselas ligeramente; después, una mano de él le capturó un seno.

Un leve gemido escapó de su garganta mientras Wolfe le acariciaba el pezón.

A Wolfe se le aceleró el corazón y profundizó el beso para provocar una reacción de Lara en busca de su capitulación. Y quería más… mucho más.

Su erección era una fuerza potente que buscó los suaves rizos en la entrepierna de ella, el húmedo calor que ahí se encerraba… y sintió que se ponía rígida de repente.

Wolfe se detuvo mientras Lara apartaba la boca de la suya y luego se separaba de él.

–No, por favor.

Wolfe empequeñeció los ojos.

–No es esa la impresión que me has dado hace tan solo unos segundos.

Naturalmente, porque quería sus caricias. ¡Maldición! Jamás había logrado pensar con claridad cuando estaba con él.

—Solo unos días más, Wolfe —le recordó ella—. ¿Tanto te va a costar esperar a que lleve tu anillo en el dedo?

Wolfe inclinó la cabeza.

—Si insistes…

Le dolió que Wolfe se diera por vencido con tanta facilidad.

Sexo, pensó Lara con amargura. «Eso es lo único que a él le importa, el sexo. Resígnate».

Sin más palabras, Lara se dirigió a su cama, la abrió y se acostó.

La costumbre la hizo activar la alarma del despertador y, de repente, agrandó los ojos cuando Wolfe comenzó a desnudarse.

Durante un momento, se quedó como hipnotizada mientras contemplaba los marcados músculos de él cuando Wolfe se sacó la camisa de debajo de los pantalones y se la quitó.

Después, Wolfe se desabrochó el cinturón y se bajó la cremallera.

¡Qué estaba haciendo! Inmediatamente, Lara cerró los ojos y los mantuvo cerrados hasta que le oyó meterse en la cama.

—No te preocupes, no tienes nada que temer —le oyó decir.

¿Que no tenía nada que temer?

¿Acaso Wolfe tenía idea de cómo reaccionaba su cuerpo en presencia de él?

–Por cierto, el prestamista ya ha recibido el dinero.

–Gracias.

Lara sabía que debía sentirse aliviada.

Sin embargo, sabía que lo único que había hecho había sido cambiar una deuda por otra.

Capítulo 5

EL despertador y la llamada de la recepción sonaron simultáneamente. Lara desconectó la alarma mientras Wolfe descolgaba el teléfono.

El torso de Wolfe estaba desnudo y su brillante piel morena cubría una musculatura hipnotizante. Entonces, los ojos de ella capturaron el inicio de una nalga y, momentáneamente, se quedó inmóvil.

Sus miradas se encontraron y, durante unos segundos, Lara pareció un perplejo cervatillo.

Los ojos de Wolfe se oscurecieron y su expresión se tornó reflexiva mientras colgaba el auricular del teléfono y volvía a tumbarse.

Hacía mucho tiempo que Wolfe no compartía habitación con una mujer sin que hubiera habido sexo por medio.

Hasta ese momento, nunca había pensado en el matrimonio.

El lunes anterior, había entrado en el despacho del abogado de Darius con la única intención de conocer la última voluntad de su padre. Sin embargo, en cuestión de unas horas, había tomado decisiones que iban a cambiar su vida por completo.

¿Y en qué se habían basado esas decisiones?

En la presencia de una mujer que proyectaba fragilidad además de fuerza, orgullo y decisión. En el recuerdo de una adolescente cuyos labios se habían fundido con los suyos; una adolescente cariñosa, generosa e inocente.

Imposible.

No, había sido una decisión basada en la lealtad hacia su padre.

Lara agarró ropa interior limpia, unos vaqueros y una camiseta y desapareció en el baño. Al salir, encontró a Wolfe vestido y sirviendo dos tazas de café.

—No es necesario... —«que vengas conmigo...». Pero al ver la expresión de Wolfe decidió no terminar la frase.

—Café solo con dos cucharadas de azúcar. Bébetelo y nos vamos.

Lara se vio tentada de decirle lo que podía hacer con su café, pero su necesidad de cafeína le impidió contestarle.

Optó por permanecer en silencio durante el trayecto al mercado. Una vez allí, eligió el pescado y charló con sus proveedores.

—Las negociaciones están en marcha respecto a una propiedad en Point Piper —le informó Wolfe mientras desayunaban.

Uno de los barrios del puerto de Sidney más lujosos, reconoció ella. Caro, muy caro.

–He hablado con una empresa de decoración para que den un presupuesto. Con suerte, la casa estará terminada cuando volvamos de Nueva York.

¿Por qué iba a sorprenderse? El dinero podía lograrlo todo.

–Iré a recogerte a las dos y media.

Lara abrió la boca para protestar, pero volvió a cerrarla cuando Wolfe continuó:

–Y te llevaré de vuelta al restaurante a las cuatro. Tus empleados me han asegurado que podrán arreglárselas.

–¿Que has arreglado todo sin consultar antes conmigo?

–Simplemente me he limitado a evitar tus protestas.

Sí, claro que lo había hecho.

–¿Acaso todas las mujeres que conoces se rinden a tus pies y hacen todo lo que tú quieres?

Wolfe sonrió.

–Una idea interesante.

–No has respondido a mi pregunta.

Wolfe inclinó la cabeza.

–La mayoría de las veces.

Lara le dedicó una dulce sonrisa.

–No cuentes conmigo.

–¿En serio?

–No te preocupes, te sentará bien el cambio –le aseguró ella.

La ronca risa de Wolfe la excitó involuntariamente.

–Tengo la impresión de que nuestro matrimonio va a ser muy interesante.

Lara se limitó a terminarse el café sin contestar. Después, se puso en pie y agarró su bolso.

–Tengo que irme.

Wolfe llegó a la puerta al mismo tiempo y Lara abrió la boca para protestar, pero recibió una de las oscuras miradas de él.

–No insistas, Lara.

–A las dos y media –le recordó Wolfe al parar el coche delante del restaurante.

Bien, iría a ver la casa.

A las dos y veinticinco, Lara se quitó el delantal, se arregló el pelo y se lo recogió con un sujetador, se pintó los labios, agarró el bolso y cruzó la puerta de vaivén que separaba la cocina del restaurante.

Wolfe estaba delante del mostrador de recepción charlando con Shontelle.

Vestido con pantalones negros de sastre, una camisa blanca sin cuello y una chaqueta de cuero negra, se le veía un hombre seguro de sí mismo y capaz de enfrentarse a todo lo que se le cruzara por el camino.

Pero también, poco a poco, se estaba haciendo con el control de su vida y dejándola sin elección posible.

Lara se acercó a él y contuvo la respiración

cuando Wolf, sonriendo, bajó la cabeza y le besó la mejilla.

—¿Lista?

Aquella muestra de afecto sin duda era de cara a la galería.

—Sí, vámonos.

Wolfe le tomó la mano y entrelazó los dedos con los suyos. El gesto aumentó la tensión nerviosa de ella, que tuvo que esperar a salir a la calle para liberar su mano.

—¿No te parece un poco exagerado eso de agarrarme la mano?

Wolfe abrió el coche.

—¿Te ha molestado?

—No, claro que no —logró contestar ella al tiempo que ocupaba su asiento en el coche.

Pronto se encontraron en New South Head Road camino a Point Piper. Era un precioso día de primavera con el sol bañando el Puerto y los barrios a su alrededor.

Las mansiones, algunas de ellas modernas, se levantaban tras altas vallas con puertas de acero.

La mayoría eran muy caras y pertenecían a gente rica y famosa.

Lara no pudo evitar sentir curiosidad cuando Wolfe paró el coche detrás de un Mercedes. El conductor del coche saludó a Wolfe afablemente cuando este salió del Lexus.

—Mi prometida, Lara Sommers —dijo Wolfe al agente inmobiliario antes de dirigirse a la puerta de la casa.

Entraron en un vestíbulo de suelos de mármol, colores neutros y una iluminación exquisita.

La casa, con tres pisos, tenía una habitación de invitados con baño privado, la habitación principal con su cuarto de baño, y cinco habitaciones más, todas con baño; un cuarto de estar familiar, otro más formal, un comedor, una habitación para juegos de ordenador y música, un despacho y una biblioteca, además de cocina, cuarto de lavado y demás habitaciones de servicio. El garaje tenía plazas para tres coches y encima había un piso amueblado para un empleado fijo.

La cocina, con su encimera de mármol, no le pareció mal. Fuera, el jardín estaba cuidado con sumo esmero y, al fondo del jardín, había una maravillosa piscina desde la que se veía el puerto.

—Es una casa preciosa —reconoció Lara—. Y está en muy buen sitio.

—Recibiré el informe de los decoradores en cuestión de unos días.

—¿Qué reformas quieres hacer en la casa? —preguntó ella mientras, ya en el coche, volvían a tomar la New South Head Road.

—Quiero actualizar el sistema de seguridad. Quiero instalar un gimnasio. Y que pinten la casa entera —Wolfe le lanzó una fugaz mirada mientras conducía—. La cocina es cosa tuya. Tienes carta blanca para hacer lo que quieras.

—Es una casa, no un restaurante.

—Pero te gustaría hacer unos cambios, ¿me equivoco?

—¿Por qué estás tan seguro de ello?

—Porque tienes un rostro muy expresivo.

—La cocina es adecuada.

—Adecuada no es suficiente.

—¿Quieres perfección? Eso te va a costar dinero.

—Haz un presupuesto.

—¿Así de fácil?

—Sí, así de fácil.

Lara respiró profundamente.

—Te va a pesar.

—Sorpréndeme.

Wolfe la dejó en el restaurante unos minutos antes de las cuatro.

—Tomaré un taxi esta noche para volver al hotel —le dijo Lara mientras agarraba la palanca de la puerta del coche.

—¿Me vas a negar la oportunidad de…?

—¿De representar tu papel?

—¿De cariñoso prometido? —los ojos de Wolfe brillaron burlonamente—. Por favor, no me desilusiones.

Eran las nueve pasadas cuando Wolfe entró en el restaurante de Lara. Shontelle le saludó cariñosamente y le condujo a una mesa.

—Wolfe acaba de venir.

Lara lanzó una rápida mirada a Sally e inmediatamente volvió a lo que estaba haciendo.

–Bien. Gracias.

No se le había dado muy bien la tarde. La primera de las dos posibles chefs no estaba trabajando bien. No había cometido grandes errores y quizá se debiera a los nervios, pero el comienzo no era prometedor.

Lara, poco a poco y con gran esfuerzo, había logrado que su restaurante tuviera buena reputación y se negaba a perderla. Sus empleados actuales eran buenos trabajadores, rápidos y leales. La contratación de un nuevo empleado no dependía únicamente de ella, sino de la aprobación del resto de los que allí trabajaban.

A las diez, Lara despidió a la mujer y le prometió notificarle su decisión en unos días.

El último cliente se marchó a las once. Se limpió la cocina, se recogieron las mesas y Sally guardó la aspiradora mientras ella comenzaba a cerrar.

Wolfe ayudó a agrupar las sillas y, cuando salieron a la calle bajo una leve lluvia, se despidieron de Sally, a quien iba a llevar a casa uno de sus compañeros de trabajo.

En el coche, camino al hotel, Lara resistió la tentación de recostar la cabeza en el respaldo del asiento y cerrar los ojos.

–¿Qué tal la prueba con la nueva cocinera?

–Mejor ni lo preguntes.

–¿Tan mal ha ido?

Lara quería ser justa, a pesar de sus reservas.

–Creo que no va a encajar con el resto del equipo.

Wolfe detuvo el coche delante de la puerta del hotel.

—¿En qué te basas, en la lógica o en el instinto?

—En las dos cosas.

Una vez en la habitación, Lara se quitó las zapatillas de deporte, agarró la ropa de dormir y entró en el cuarto de baño. Una ducha caliente la relajó. Después de secarse, se puso la camiseta que le servía de camisón, se recogió el pelo y salió a la habitación.

Wolfe estaba ya metido en la cama, bocarriba y con los brazos debajo de la cabeza. La suave luz de la lámpara de noche confería una atmósfera de intimidad que ella trató de ignorar… sin conseguirlo.

Pero se metió en la cama y debió quedarse dormida porque se despertó cuando el teléfono y la alarma del despertador sonaron al unísono.

Resultó ser otro día cualquiera, y Lara se sintió más tranquila cuando el chef a prueba resultó ser muy habilidoso en la realización de sus tareas. Al resto de los empleados también les gustó y Lara decidió contratarle.

Antón, también conocido como Anthony «Tony» Smith, de un pueblo del oeste, había estudiado cocina en Sidney y había trabajado en Europa. Acababa de volver de Francia y estaba disponible para empezar inmediatamente.

—¿Como… mañana, por ejemplo?

—¿Por qué no? ¿A qué hora?

Lo mejor era meterle de lleno en el trabajo.

–En el mercado de pescado antes del amanecer.

–Ahí estaré.

Y allí estaba a la mañana siguiente. Juntos, eligieron el pescado, organizaron el envío y luego acordaron la hora en la que él debía estar de vuelta en el restaurante.

–Tómate unas horas libres hoy a primera hora de la tarde –le dijo Wolfe mientras desayunaban.

–¿Por qué?

–Para ir de compras.

Wolfe volvió a servirse café y luego se recostó en el respaldo de la silla.

–No necesito nada.

–Te equivocas. A menos, por supuesto, que tengas un buen guardarropa.

El rostro de Lara palideció bajo la fija mirada de él.

–Vendí toda la ropa de diseño que tenía con el fin de tener dinero líquido –ella alzó la barbilla con gesto desafiante–. De todos modos, no tengo intención de comprarme nada.

–¿No te gusta ir de compras?

–Lo que no me gusta es endeudarme aún más contigo.

–¿Es necesario que te recuerde algo que es evidente?

Lara ladeó la cabeza.

–¿Te refieres a eso de que «a la mayoría de las mujeres les encanta ir de compras»? –los ojos de ella echaron chispas–. Para que lo sepas, yo no soy «la mayoría de las mujeres». En cuanto a que tengas dinero de sobra para comprarme lo que quieras, me importa un bledo.

La expresión de Lara se endureció al añadir:

–Ah, y recuérdame que te pague con sexo.

Una mirada a esos ojos grises fue suficiente para que se le erizara el cabello. Rápidamente, se puso en pie.

Wolfe también se levantó.

¿Qué había hecho?

Sabía de sobra que no debía jugar con fuego si no quería quemarse…

En ese momento, Wolfe la agarró, la estrechó contra su cuerpo y la sorprendió con la fuerza y tamaño de su erección.

Un gemido de sorpresa escapó de sus labios. Entonces, la boca de Wolfe capturó la suya, tomando posesión de ella y de sus emociones.

Lara ahogó un gruñido de desesperación mientras cerraba la mano en un puño y le golpeaba el hombro.

Sin embargo, Wolfe era mucho más fuerte que ella y la mantuvo cautiva, suavizando su invasión hasta convertirla en algo increíblemente sensual, despertando sus sentidos hasta lograr la respuesta que quería.

Lara perdió la capacidad de razonar. El mundo se desvaneció a su alrededor hasta el punto de que solo era consciente de ese hombre y del poder que tenía sobre ella.

Durante unos instantes, Lara deseó más, mucho más. Se aferró al cuello de él mientras se entregaba a la magia de sus caricias.

Fue entonces cuando él comenzó a separarse mientras le mordisqueaba el labio inferior, saboreando sus contornos y acariciándole la boca con la suya antes de romper por completo el contacto.

Lara se sintió perdida durante unos interminables segundos; luego, como si se diera cuenta de lo que había ocurrido, sus ojos se agrandaron con expresión de incredulidad para después separarse de él.

Pero un fuerte brazo la sujetó antes de que Wolfe le pusiera la otra mano bajo la barbilla para obligarla a mirarlo.

—En el futuro, considera las consecuencias antes de recurrir a semejantes frases —le advirtió Wolfe con indolencia antes de soltarla—. Sobre todo, si estás dispuesta a mantener eso de «nada de sexo antes del matrimonio».

Lara se dio cuenta de que necesitaba poner distancia entre ambos para recuperar la compostura y, con ese fin, dio los pasos necesarios para recoger su bolso.

—Tomaré un taxi.

Wolfe se limitó a ignorarla, agarró las llaves y salió con ella de la habitación.

Esperó a estar en medio del tráfico matutino para preguntar:

–¿Estás segura de la habilidad de Tony como cocinero?

–Sí, tanto como me es posible en tan poco tiempo. ¿Por qué?

–¿Lo suficiente para dar por terminado tu trabajo esta noche?

–No, eso no es posible. Los sábados son los días de más trabajo; especialmente, por la noche.

–¿Debo recordarte que nos vamos a casar el domingo y que ese mismo día a primera hora de la tarde vamos a volar a Nueva York?

¡Como si pudiera olvidarlo!

–El sábado tengo que trabajar.

–¿Y si insistiera?

–Daría igual –le aseguró ella, que no estaba dispuesta a ceder en ese punto.

El resto del trayecto lo realizaron en silencio y Lara agarró la palanca de la portezuela en el momento en que Wolfe paró el coche.

–A las dos te recogeré –dijo Wolfe con una voz tan suave como la seda.

«Ni en sueños», contestó Lara para sí. Que la sacara a rastras de la cocina si se atrevía.

Y eso fue lo que Wolfe hizo, aunque no del todo literalmente. Pero con el apoyo de Shontelle, Tony y Sally… ¿qué otra cosa podía hacer mas que quitarse el delantal y darse por vencida?

E incluso esperó a estar dentro del coche para protestar.

–¿Es que nadie te ha dicho nunca que eres arrogante y autoritario?

–¿Además de ti? No.

Los ojos de ella oscurecieron al notar un tono burlón en su voz. Después, apretó los labios para no insultarle.

No les llevó mucho alcanzar las exclusivas boutiques de Double Bay, donde Wolfe aparcó.

–Vamos.

Lo primero que hicieron fue elegir los anillos de boda. Lara ahogó un grito de incredulidad mientras Wolfe deslizaba en su dedo una alianza de brillantes antes de elegir una sencilla de oro para él.

Una vez comprados los anillos, Wolfe la llevó de una boutique a otra hasta dar su aprobación a un vestido color marfil con un delicado encaje. Al vestido se añadió unos zapatos de tacón.

Además, compraron ropa interior de color marfil. Fue Wolfe quien la eligió sin dar muestras de vergüenza.

–¿Es que no te da vergüenza? –le preguntó Lara al salir de la tienda–. Y ya está bien, no quiero nada más.

–Claro que sí. Pero... puede esperar.

Lara sabía que debía darle las gracias y lo hizo, aunque obtuvo una respuesta pícara por parte de él.

–De nada. Ha sido un placer.

No cabía duda de la clase de placer que iba a obtener de las compras, y ella trató de controlar los nervios.

–¿Hemos terminado ya? –Lara necesitaba sumergirse en su trabajo para no pensar.

–Pronto no vas a poder escapar de mí tan fácilmente.

¡Como si no lo supiera!

Llegaron al coche y se pusieron en marcha hacia el restaurante.

–Esta noche, cuando termine, tomaré un taxi para volver al hotel –le dijo Lara cuando se desabrochó el cinturón de seguridad–. Con Tony trabajando, puede que acabe antes que de costumbre.

Lara salió rápidamente del coche y se dirigió a la entrada del restaurante sin volver la vista atrás.

Capítulo 6

TONY demostró su habilidad como cocinero y su capacidad para trabajar en equipo, por lo que la tarde fue transcurriendo sin incidentes.

Lara estaba más tranquila ahora que sabía que el restaurante podía seguir funcionando bien sin ella… a pesar del apego que le tenía.

Su restaurante, Lara's, la enorgullecía; sobre todo, teniendo en cuenta el trabajo y el esfuerzo que le había costado levantarlo.

–Eh, ¿dónde estás? –bromeó Sally, sacándola de su ensimismamiento.

Lara le contestó con una sonrisa.

–Sí, ya sé que Wolfe es todo un espécimen y que debes estar soñando con intercambiar fluidos corporales con él –añadió Sally sonriendo traviesamente–. Pero en este momento lo que necesito es una *mousse* de chocolate, una *bombe* Alaska y una *crème brûlée*.

Una súbita llama se encendió en lo más íntimo de su cuerpo provocada por la imagen que las palabras de Sally habían evocado; pero, con resolución, Lara la apagó.

–Marchando.

–¿Por qué no lo dejas y te vas ya? –le sugirió Tony al poco tiempo–. Sally y yo nos encargaremos de cerrar.

Cuando Lara iba a protestar, Tony la interrumpió, añadiendo:

–A partir de mañana, será mi responsabilidad.

Lara reconoció que tenía razón.

–¿Estás seguro?

–Vamos, vete. Cuidaré de tu restaurante como si fuera mío –dijo Tony sonriendo–. Te lo prometo. Y ya me encargaré yo mañana de las compras, así que no se te ocurra aparecer por aquí hasta por la tarde.

–Estoy totalmente de acuerdo con eso.

Lara se dio media vuelta y vio a Shontelle entrando en la cocina con Wolfe.

Tony miró a Wolfe.

–Has llegado en el momento oportuno. Acabo de darle a Lara el resto de la noche libre.

Wolfe arqueó las cejas.

–¿Y ha aceptado?

–¿Por qué los hombres siempre se ayudan? –preguntó Lara a todos en general y a nadie en particular.

–No les queda otro remedio porque las mujeres suelen ganar –declaró Sally mientras servía dos cafés.

En ese momento, Wolfe se acercó a Lara y le acarició las sienes con los labios.

–¿Lista?

Lara logró esbozar una dulce sonrisa que no logró engañar a Wolfe.

–Sí.

–Entonces, despídete y vámonos.

Wolfe hizo el trayecto del restaurante al hotel en silencio. Tan pronto como entraron en la habitación, Lara agarró su ropa de dormir y fue directamente a ducharse.

Cuando salió al cuarto, Wolfe se había quitado la chaqueta, estaba sentado delante del escritorio y hacía algo en el ordenador.

Lara se metió en la cama con la esperanza de dormirse en cuestión de minutos y no despertar hasta la mañana siguiente.

Debía haberse dormido porque estaba inmersa en una terrible pesadilla: estaba viajando por Francia en coche con Suzanne y, charlando y riendo mientras admiraban el paisaje, estaban tratando de decidir dónde iban a pasar la noche. Darius prefería ir a un hotel, mientras Suzanne se inclinaba hacia un *bed & breakfast*. De repente, un coche azul como salido de la nada se lanzó directamente hacia ellos y Darius giró bruscamente el volante… Entonces, Lara se convirtió en un mero espectador del accidente y lanzó un grito al ver la explosión. Y gritó y gritó mientras sentía unas manos alejándola de allí…

–Lara.

Apenas dándose cuenta de que alguien la llamaba, notó que un cálido cuerpo la estrechaba.

–¡Suéltame! –Lara luchó por liberarse.

Aquella voz que la había llamado… Poco a poco, la pesadilla fue desvaneciéndose y, semiinconsciente, abrió los ojos y reconoció la habitación del hotel y al hombre que la estaba sujetando.

Wolfe.

Su duro y musculoso cuerpo… ¡Desnudo!, reconoció ella mientras Wolfe le acariciaba la espalda.

Los ojos se le llenaron de lágrimas que pronto comenzaron a resbalarle por las mejillas.

Un gruñido escapó de los labios de él al tiempo que, con una mano, le acariciaba la mejilla.

—Vamos, tranquilízate —dijo él con voz suave y una nota de preocupación.

El tiempo pareció detenerse, encapsulando el momento. Lara sabía que tenía que moverse, poner distancia entre los dos, y colocó las manos en el pecho de él para obligarle a apartarse de ella.

Wolfe notó su indecisión, su miedo y… algo más. Pero, sin soltarla del todo, se separó ligeramente de ella hasta colocarle un brazo sobre los hombros.

—¿Quieres contarme qué estabas soñando?

—No. No te preocupes, estoy bien.

Y lo estaba. Pero necesitaba desesperadamente el amparo de la oscuridad, además de la necesidad imperiosa de distanciarse de aquel hombre cuya proximidad era mortal para su sistema nervioso.

Durante varios segundos, la mirada de Wolfe

buscó la suya. Unos segundos en los que el pulso de ella se aceleró vertiginosamente.

Lara se sentía increíblemente vulnerable. Quería y necesitaba consuelo, pero temía que sus intenciones fueran malinterpretadas.

Una leve sonrisa curvó los labios de Wolfe mientras se inclinaba sobre ella y le acariciaba la frente con los labios.

–Intenta dormir, ¿eh?

Sin más palabras, Wolfe la soltó; después, se puso en pie y se acostó en su propia cama. Al cabo de unos segundos, él apagó la luz.

Lara se cubrió con la ropa de la cama, cerró los ojos y trató de dormir.

Pero no lo conseguía. Se sentía extraordinariamente inquieta e incapaz de encontrar una postura cómoda.

No se dio cuenta del momento en el que se sumió en oscuras y confusas pesadillas en las que su padre se mostraba violento y Suzanne atemorizada; bofetadas de su padre porque ella no le había obedecido; su llanto infantil acurrucada en un rincón de una habitación donde su padre la había encerrado.

Entonces, unos fuertes brazos la acunaron y ella, instintivamente, se aferró a aquel cálido cuerpo hasta que una profunda sensación de paz la envolvió sumiéndola en un tranquilo sueño sin pesadillas.

A la mañana siguiente, Lara se despertó al oír el apagado sonido de la ducha en el cuarto de baño. Miró el reloj y vio que eran casi las ocho.

Fue entonces cuando notó que alguien había ocupado el otro lado de su cama y también vio la huella de una cabeza, además de la suya, en la almohada.

Alguien había ocupado su cama.

¿Wolfe? ¡Naturalmente que Wolfe!

¿Habían…? No, claro que no. ¡Lo recordaría!

De repente, partes de las pesadillas acudieron a su mente y su rostro palideció al acordarse de que Wolfe la había tenido abrazada y eso no era parte del sueño.

La puerta del baño se abrió y Lara se quedó como hipnotizada al verle desnudo con solo una toalla atada a la cintura.

El vello de su cuerpo se erizó mientras fijaba la mirada en esos anchos hombros, en el musculoso torso y en la leve hilera de vello que le bajaba por el vientre hasta desaparecer debajo de la toalla. Y en la estrecha cintura, estilizadas caderas y largas piernas.

La presencia de Wolfe dominaba la habitación mientras ella alzaba ligeramente la cabeza y sus miradas se encontraban.

—Buenos días —dijo él.

Wolf notó el sonrojo de sus mejillas y adivinó su causa.

—Has dormido en mi cama —declaró ella en tono de acusación.

—¿Te molesta?

—Sí, claro que me molesta.

—He dormido simplemente —le recordó Wolfe acercándose a ella.

Estaba cerca, lo suficientemente cerca para poder oler el champú y el jabón mientras no podía evitar pensar que había pasado varias horas acurrucada junto a aquel cuerpo aquella noche.

—¿Habrías preferido que te hubiese distraído de otra manera?

—No. No.

—De todos modos, si cambias de idea… —dijo él en tono burlón.

—¡Ni en sueños! —exclamó Lara encolerizada.

Una ronca carcajada casi la derritió. Entonces, Wolfe le puso un dedo en los labios.

Lara apenas pudo contener la tentación de morderle el dedo, solo el miedo a que él se vengara la detuvo.

—Ve a vestirte. Nos van a traer el desayuno en cualquier momento.

El día acababa de comenzar, pero tenían mucho que hacer.

En primer lugar, fueron a reunirse con el decorador en la mansión de Point Piper para ultimar los detalles respecto a los colores de las paredes, la iluminación y la nueva cocina para ella.

De allí fueron a Watson's Bay, donde almorzaron en un restaurante encantador con vistas al mar. Después, volvieron al centro de la ciudad.

A continuación, y a pesar de las protestas de ella, hicieron compras.

—No, —dijo Wolfe mientras ella se disponía a cambiarse de ropa para ir a trabajar al restaurante–, esta noche no vas a trabajar en la cocina del restaurante, sino que vas a ser una clienta.

Lara se detuvo y lo miró fijamente.

–¿Quién dice eso?

–Lo digo yo –respondió él perezosamente–. Y lo digo con la aprobación y el apoyo de Tony, Shontelle y Sally.

–Pero sin contar conmigo –respondió ella mientras agarraba sus zapatillas de deporte.

–Lo único que se te permite hacer es ver si todo va bien en la cocina; después, a las seis y media, te reunirás conmigo para cenar.

–Esa es la hora en la que más ocupados estamos.

–No eres indispensable. Tus empleados se las arreglarán perfectamente.

Deberían hacerlo, pero esa no era la cuestión.

–¿Y si yo quisiera trabajar esta noche?

Los ojos de Wolfe empequeñecieron.

–Acepta que no va a ser así.

–¿Y cómo vas a impedirlo tú?

–Recurriré a cualquier maniobra por poco digna que sea.

Lara prefirió no pensar demasiado en ello.

–¡Eres increíble!

–Muérdeme si quieres.

–Quizá lo haga –dijo Lara en tono amenazante–. ¡Y cuando menos lo esperes!

Media hora más tarde, Lara se metió en el coche de Wolfe enfundada en un elegante traje pantalón y zapatos de tacón; también se había maquillado y llevaba el pelo recogido en un elegante moño estilo francés.

En la mano llevaba una bolsa con las zapatillas de deporte.

Era su cocina, se dijo a sí misma en silencio. Eran sus empleados y sus decisiones... y su última noche como chef.

Al día siguiente su vida iba a cambiar por completo, pero aquella noche era suya e iba a hacer lo que quisiera.

–Hola. Creía que hoy no ibas a cocinar.

Lara agarró su delantal, se lo puso y dedicó a Sally una dulce sonrisa.

–Creías mal.

–Ah. ¿Problemas en el paraíso?

–¿Qué te hace pensar eso?

Sally alzó los ojos al techo.

–La cara de pocos amigos que tienes.

Lara, ignorando el comentario, habló con sus empleados y dio el visto bueno a todo mientras empezaban a entrar en la cocina los primeros pedidos.

–Son casi las seis y media –le recordó Tony–. Será mejor que cuelgues el delantal.

–En unos minutos.

Y así fue, aunque Wolfe esperó diez minutos para entrar en la cocina. Allí, se le acercó, le puso las manos en las caderas y, alzándola, se la echó al hombro.

–¡Bájame! –exclamó ella escandalizada mientras Wolfe la llevaba hacia la puerta–. ¿Qué demonios estás haciendo?

Pero Wolfe siguió andando.

La humillación llegó a su punto culminante cuando Lara oyó unos aplausos y, mentalmente, le maldijo en silencio con todo su repertorio de obscenidades.

Wolfe se detuvo y, por fin, la dejó en el suelo. Se miraron el uno al otro durante unos segundos llenos de tensión.

Súbitamente, Lara decidió que la mejor táctica era sorprenderle y, sin pararse a pensar, le rodeó el cuello con los brazos, se inclinó hacia él y se apoderó de su boca con la suya.

Cuando se separó de Wolfe, hizo una reverencia... para deleite de los presentes.

«Toma esa», le dijo para sí con silenciosa satisfacción, sin darse cuenta de lo encarnadas que tenía las mejillas.

Lara se sentía como si estuviera mareada y necesitaba unos segundos para recuperar el equilibrio.

Era enloquecedor...

–Creo que deberías sentarte –le sugirió Wolfe con cierta indolencia burlona.

–Gracias –respondió ella con una radiante sonrisa.

Sentada, Lara fingió leer el menú, aunque se lo sabía de memoria, y aceptó una copa de champán.

–Por nosotros –dijo Wolfe sin quitarle los ojos de encima.

Superficialmente, fue una encantadora velada.

La comida era excelente, el ambiente cálido y acogedor mientras los clientes habituales se acercaban a su mesa para felicitarla y, a la hora del cierre, Lara sacó unas botellas de champán para brindar con sus empleados.

Charlaron, rieron y rememoraron viejos tiempos. Y la despedida fue dura.

Una leve lluvia golpeaba el parabrisas del coche de Wolfe mientras recorrían el corto trayecto al hotel. Lara se recostó en el respaldo del asiento y cerró los ojos hasta llegar a su destino.

–No vuelvas nunca a hacer eso –dijo Wolfe en el momento en que entraron en la habitación.

–¿A qué te refieres?

–No te hagas la inocente, lo sabes muy bien –dijo Wolfe al tiempo que se quitaba la chaqueta, los zapatos y empezaba a desabrocharse la camisa.

Lara se dio media vuelta cuando le vio desabrocharse el cinturón, y fue al baño a cambiarse.

Cuando salió, la lámpara de su mesilla de noche era la única luz en la habitación. Inmediatamente, se metió en la cama y la apagó.

Iba a casarse al día siguiente.

Capítulo 7

EL vestido color marfil con adornos de encaje era perfecto para una novia. Los zapatos de tacón alto la hacían más alta. También se puso una cadena de oro, regalo de Suzanne. El toque final fue un tocado con perlas.

–¿Lista?

Lara se volvió y vio a Wolfe con un hombro apoyado en el umbral de la puerta del baño. Estaba guapísimo con el traje negro, camisa blanca y corbata de seda gris.

–Sí –repuso ella con aparente calma, aunque por dentro era un manojo de nervios.

Después de recoger un ramo de orquídeas blancas, ambos salieron de la habitación.

La breve ceremonia iba a tener lugar en el salón privado del hotel en presencia del abogado de Darius, Sally y Shontelle.

Cuando llegaron al salón privado, no necesitó que Wolfe la instara a sonreír.

Había llegado el momento del espectáculo y Lara tenía la intención de representar su papel a la perfección.

El juez de paz, el abogado, Sally y Shontelle ya estaban allí. Después de saludarse y de hacer las presentaciones correspondientes, el juez de paz sugirió que los novios se colocaran junto a una mesa cubierta con un mantel blanco en la que había una vela y un jarrón con orquídeas blancas.

Wolfe entrelazó los dedos con los de ella y así comenzaron la ceremonia.

A Lara le tembló la mano cuando Wolfe se la tomó y deslizó la alianza en su dedo, y casi se le cayó la de Wolfe al ir a ponérsela.

—Os declaro marido y mujer.

Cuando el juez pronunció aquellas palabras, Lara tuvo la sensación de encontrarse inmersa en un mundo irreal. Y apenas pudo ocultar su sorpresa cuando Wolfe le alzó la mano izquierda, se la llevó a los labios y, acto seguido, le besó la boca.

Después, se firmó el certificado de matrimonio y hubo más felicitaciones.

Sirvieron el champán y Lara apenas pudo contener las lágrimas cuando llegó el momento de las despedidas y abrazó a Sally y a Shontelle.

—Cuídala —le dijeron a Wolfe ambas chicas delante de la puerta del hotel.

—Os doy mi palabra.

No tardaron en regresar a la habitación y cambiarse. Lara se puso unos pantalones vaqueros, una camiseta de punto y una chaqueta; después, se puso unos zapatos planos... consciente de que Wolfe había cambiado su traje por unos pantalo-

nes de sastre, una camisa sin cuello y una chaqueta de cuero.

Abajo, una limusina les estaba esperando con
el equipaje en el maletero. El conductor les abrió
la portezuela posterior cuando les vio aproximar-
se.

El aeropuerto Mascot estaba al sur de la ciudad y, tan pronto como pasaron el control de policía, se dirigieron a un avión privado.

Lara no pudo evitar notar el lujo interior del
aeroplano, cuyo interior se asemejaba a un cuarto
de estar con asientos de cuero reclinables y una
zona de trabajo. Una azafata les saludó con familiar simpatía.

¿Acaso los servicios que la azafata ofrecía in-
cluían divertir a su jefe?

Una vez estuvieron sentados, Wolfe le sonrió
burlonamente.

—Es un vuelo largo —dijo él, acariciándole la
sien con los labios—. Abróchate el cinturón, vamos a despegar inmediatamente.

¡Comenzaba el espectáculo!

No obstante, si Wolfe estaba decidido a representar el papel de esposo enamorado, ella también podía hacerlo. Por lo tanto, le devolvió la
sonrisa y le dijo:

—Tú deberías hacer lo mismo, querido.

Tan pronto como el avión alcanzó la altitud
adecuada, Wolfe sacó su ordenador portátil y se
puso a trabajar.

Dada las diferencias horarias, el mundo de los

negocios no se daba respiro, por lo que Lara sacó uno de los libros que Sally le había regalado y se puso a leer.

La azafata les sirvió el almuerzo: una deliciosa ensalada César seguida de fruta fresca. Lara rechazó el café y pidió agua.

Tendrían que hacer una parada técnica para repostar, pensó ella. Hawái o LAX parecían los puntos adecuados. ¿Desembarcarían o, simplemente, repostarían y continuarían hasta Nueva York?

El sillón reclinable era muy cómodo, demasiado cómodo. Adormilada, Lara cerró el libro y los ojos.

Debió de quedarse dormida porque, de pronto, sintió una mano en su hombro y oyó la voz de Wolfe que le decía:

—La azafata va a servir la cena. ¿Te apetece beber algo primero?

—Agua —contestó Lara, enderezándose en el asiento.

—Vamos a llegar a Oahu dentro de una hora más o menos. Pasaremos allí la noche y volaremos a Nueva York mañana.

Oahu era la isla principal de Hawái. La gente allí llevaba una vida relajada y tranquila: playas de arena dorada, piñas coladas, puestas de sol y… turistas.

Al desembarcar y tras pasar el control de policía, fueron en un taxi hasta la ciudad de Waikiki.

Pronto se encontraron en la magnífica suite de

un lujoso hotel con maravillosas vistas a la bahía y a Diamond Head.

Luces brillantes contra un cielo índigo de fondo.

Un auténtico paraíso, pensó Lara mientras se quitaba la chaqueta... consciente de que Wolfe se había despojado de la suya.

¿Había dormido Wolfe durante el vuelo? Quizá no. Wolfe era un hombre acostumbrado a pasar largas horas volando de un sitio a otro.

Lo mejor que podía hacer para evitar los efectos del cambio horario, pensó Lara, era acostarse cuanto antes.

—¿Quieres ser la primera en darte una ducha o prefieres que lo hagamos juntos?

¿Desnuda con él? ¡Debía de estar bromeando!

«Vamos, no seas idiota». Esa noche iban a compartir algo más que la cama. ¿Por qué no considerar una ducha juntos como un interesante prólogo?

La idea no era mala, pero no tenía el valor suficiente para llevarla a cabo.

Lara sacó su ropa de dormir y sus artículos de baño de una bolsa y se dirigió hacia el cuarto de baño.

—No tardaré.

Se permitió unos momentos para admirar los espléndidos azulejos de mármol de las paredes y el suelo; después, abrió los grifos de la ducha y se desnudó.

Debido al ruido de la ducha, no oyó el suave rui-

do de la puerta al cerrarse, pero lanzó un quedo grito al ver a Wolfe entrar en el cubículo de la ducha.

Instintivamente, Lara intentó cubrirse con los
brazos los pechos y la entrepierna.

–¿Qué estás haciendo?

Wolfe le quitó la barra de jabón de una mano
y la apartó del chorro de agua.

–Voy a lavarte.

Lara abrió desmesuradamente los ojos mientras Wolfe se colocaba detrás de ella y comenzaba a pasarle el jabón por la espalda, sensibilizán-
dole la piel.

Se tambaleó ligeramente y no pudo controlar
el súbito calor interior que la embargó.

No estaba preparada para eso. Y menos ahí,
en la ducha...

«¿Tanto importa dónde?», se preguntó a sí
misma en silencio.

Suavemente y con intencionada lentitud, Wolfe cubrió hasta el último milímetro de su espalda;
después, sus manos ascendieron y comenzaron a
recorrerle los hombros.

Lara sintió los labios de él en la nuca y después en el hombro; a continuación, un suave mor-
disqueo; por último, un ardiente beso ahí mismo.

Cómo le gustaría apoyarse en él y, en silencio,
indicarle así su aceptación a todo lo que quisiera
pedirle. Sin embargo, no se atrevía a dar ese paso.

¿Por qué?

Lo único que tenía que hacer era armarse de
valor y representar su papel.

Ni siquiera se trataba de representar, reconoció Lara.

Ese era Wolfe, el hombre que tenía el poder de dejarla sin sentido. El hombre que, en esos momentos, la estaba haciendo arder de pasión.

Con infinito cuidado, Wolfe la hizo volverse de cara a él y le tomó la barbilla, obligándola a mirarle a los ojos.

Su alto y ancho cuerpo era imponente en los confines del cubículo de la ducha, y los ojos de ella oscurecieron cuando Wolfe bajó la cabeza para capturarle la boca con la suya. Lara esperaba un beso profundo, pero Wolfe la besó con suavidad, agarrándole la cabeza con ambas manos para saborearla con la punta de la lengua.

La tentación de alzar los brazos y rodearle la nuca con ellos era casi imposible de resistir, y lanzó un gemido instintivo cuando Wolfe le acarició los labios con los suyos antes de apartar el rostro del de ella.

Durante un segundo, Lara se sintió confusa y sola. Entonces, Wolfe agarró la barra de jabón que había dejado y se la dio.

–¿Tu turno?

Tenía que estar bromeando.

El titubeo de ella pareció divertirle, y Wolfe le agarró la mano con el jabón y comenzó a pasársela por su pecho.

Era increíblemente erótico, pensó Lara mientras enjabonaba aquellos músculos. Se detuvo momentáneamente cuando llegó al ombligo; entonces, se quedó inmóvil al ver la potencia de la fuerte erección de Wolfe.

Esa obvia sexualidad era ligeramente intimidante. Las pocas relaciones sexuales que había tenido siempre habían ocurrido en la cama, debajo de las sábanas y con las luces apagadas.

Aquella era la primera vez que estaba desnuda con un hombre en una ducha. La primera vez que estaba desnuda con un hombre con las luces encendidas.

¿Se atrevería a representar el papel de vampiresa? ¿Se atrevería a tocarle y a acariciarle sin inhibiciones? ¿Se atrevería a ofrecerse sin sentirse insegura y tímida?

En ese momento, Wolfe le agarró ambas manos y se las llevó a los labios. Después, la soltó.

Durante un momento, Lara se le quedó mirando sin lograr interpretar la expresión de él.

–Vamos, ve a secarte. Yo saldré dentro de un minuto.

Lara sintió un cálido rubor subirle a las mejillas y, rápidamente, se dio media vuelta y escapó de la ducha.

En cuestión de segundos, agarró una toalla y se cubrió con ella, sujetándola sobre sus pechos.

Pero no, no podía escapar.

Entonces, comenzó a secarse y empezó su rutina nocturna. Mientras se peinaba, vio a Wolfe salir de la ducha, atarse una toalla a la cintura y, con otra, secarse el resto del cuerpo.

Wolfe le había dado un respiro, pero… ¿por cuánto tiempo?

Tan solo unos minutos, ya que Wolfe, sin ceremonias, la alzó en sus brazos y la llevó a la habitación. Allí, la depositó en el suelo.

Y Lara sabía que quería aquello. ¿No había soñado despierta con estar con Wolfe? ¿No había incluso deseado ser su esposa?

Y ahora era su esposa.

Entonces, ¿a qué estaba esperando?

—Apaga la luz.

Wolfe le tomó el rostro en sus manos.

—No.

El rostro de Lara palideció.

—Por favor…

Pero su ruego se vio acallado por un beso que la conmovió.

Lara se agarró a los hombros de él, consciente de que Wolfe le ponía una mano en la nuca y deslizaba la otra a sus nalgas antes de estrecharla contra sí.

Lara no sabía cuándo perdió la toalla ni Wolfe la suya, solo era consciente de que nada les separaba y de la erección de él contra su vientre.

Entonces, Wolfe se acercó a la cama, apartó las sábanas y la tumbó allí.

Durante unos segundos, Lara se limitó a mirarle mientras él le cubría el cuerpo con el suyo.

Wolfe se la quedó mirando unos momentos antes de bajar la cabeza y comenzar a acariciarle los pechos con la boca, explorándolos de una manera que la hizo arder por dentro.

Wolfe utilizó los dientes para mordisquearla suavemente antes de chuparle los pezones, haciéndola gemir de placer.

No satisfecho con eso, la boca de Wolfe descendió hasta el ombligo de ella y comenzó a acariciárselo con la punta de la lengua antes de seguir bajando hasta los suaves rizos que cubrían el centro de su feminidad.

–Por favor...

Pero Wolfe continuó saboreándola a placer y ella gritó y gritó mientras Wolfe dedicaba toda la atención a su pulsante clítoris, acariciándolo con intensidad hasta que ella se entregó completamente a aquella exultante sensación.

Sintió algo que jamás había sentido y, sin poder contenerse, gritó de placer.

Agitada, no reconoció la ronca voz que le rogaba a Wolfe que la poseyera.

Pero Wolfe todavía no parecía creer que fuera el momento, y Lara le agarró la cabeza con ambas manos mientras él la penetraba con la lengua.

Justo en el momento en que Lara creía no poder soportarlo más, Wolfe levantó la cabeza, se colocó y, sosteniéndole la mirada, la penetró.

Los ojos de ella oscurecieron y sus labios se abrieron mientras él la llenaba gradualmente; después, Wolfe comenzó a moverse dentro de ella.

El placer casi se convirtió en dolor con cada movimiento. Por fin, sintiéndose perdida, le rodeó el cuello con los brazos, aferrándose a él. Wolfe bajó la cabeza y se apoderó de su boca, absorbiendo los roncos gritos de ella mientras se deshacía por completo en sus brazos.

¿Era posible que un cuerpo vibrara? ¿Era posible sentirse tan poseída por algo como para no poder pensar absolutamente en nada que no fuera ese momento y esas sensaciones?

Lara no quería moverse… no creía poder hacerlo.

Wolfe estaba ahí, dentro de ella, y sintió cómo él se endurecía mientras bajaba los labios para besarle la garganta.

Después, comenzó a besarle el hombro y también el lóbulo de la oreja.

Era una sensación maravillosa y ella movió el rostro ligeramente para dejarse besar en los labios. Después, lanzó un quedo gemido de sorpresa cuando Wolfe, agarrándola por la cintura, se tumbó bocabajo colocándola a ella encima, aún penetrándola, para dejarla que tomara el control.

Instintivamente, Lara comenzó a moverse sin dejar de mirarle a los ojos.

Pronto, Lara volvió a gritar cuando una intensa sensación ondulante le recorrió el cuerpo mientras Wolfe la llevaba al delirio absoluto.

Más tarde, Wolfe la hizo apoyar la cabeza en su hombro mientras acariciaba su cuerpo, que temblaba tras múltiples orgasmos.

Y Lara, agotada física y emocionalmente, se quedó dormida casi al instante.

Capítulo 8

EN el aeropuerto JFK de Nueva York, les recibió Mike, el conductor de Wolfe, que fue a recibirles a la zona de salidas y les llevó el equipaje hasta el Mercedes aparcado a la salida de la Terminal.

Upper East Side de Manthattan era una zona elegante, y el espacioso piso alto de Wolfe tenía vistas a Central Park y debía de valer una pequeña fortuna, pensó Lara mientras cruzaba el cuarto de estar para acercarse a las puertas de cristal con el fin de admirar las vistas.

–La zona de huéspedes está al otro lado del comedor, la cocina está a la derecha y el dormitorio principal está a la izquierda.

También había un despacho, una habitación para escuchar música y ver la televisión, un cuarto de baño de invitados y un cuarto de lavado y plancha, comprobó Lara mientras seguía a Wolfe hasta el dormitorio principal con vista panorámica y un cuarto de baño de mármol y cristal.

–Nos daremos una ducha, nos cambiaremos

de ropa, desharemos el equipaje y pediremos que nos traigan comida.

Le parecía bien. No había dormido durante el vuelo de Hawái a Nueva York y aún tenía que acostumbrarse al cambio de horas.

–Dúchate tú primero mientras yo deshago mi equipaje.

–Podríamos ducharnos juntos.

Lara le lanzó una rápida mirada, vio la expresión burlona de los ojos de él y sacudió la cabeza.

–¿No? –dijo Wolfe mientras empezaba a desnudarse. Y ella, intencionadamente, desvió la mirada de él hasta que Wolfe desapareció en el cuarto de baño.

«Deshaz la maleta y luego, cuando Wolfe vuelva a la habitación, agarra la ropa y ve a ducharte», se ordenó Lara a sí misma.

¿No había pasado una semana entera con él en la habitación de un hotel? En ese caso, ¿por qué esos repentinos nervios? No tenía sentido.

Ya casi había terminado cuando Wolfe salió del baño. Rápidamente, ella agarró lo que necesitaba y fue a darse una ducha. Una vez allí, no pudo evitar oler la colonia que él había utilizado, lo que reavivó el recuerdo de la noche anterior.

«¡Oh, por el amor de Dios! Piensa en algo normal, piensa en comida y en si hay suficientes cosas en la nevera y en la despensa para preparar una comida. Además, eso hará que pienses en otra cosa».

Lara se puso unos pantalones vaqueros y un jersey, se recogió el pelo en un moño y se dirigió directamente al cuarto de estar.

Wolfe estaba delante de la ventana hablando por teléfono y ella aprovechó esos momentos para mirarle. Alto, con pantalones vaqueros y un jersey negro que enfatizaba sus anchos hombros.

Era todo un hombre. Poseía pasión y sabía perfectamente cómo complacer a una mujer. Un escalofrío le recorrió el cuerpo al recordar la noche anterior. Pero casi al instante pensó en todas las mujeres con las que Wolfe debía de haberse acostado.

¿Tenía una amante? ¿O amantes que aún no sabían que se había casado?

«No pienses en eso», se dijo a sí misma. «Mejor ve a la cocina y, si no hay comida, haz una lista de la compra».

Y allí fue donde Wolfe la encontró, inspeccionando los armarios.

—He pedido que nos traigan comida —dijo Wolfe y, al acercarse a ella, vio el papel y el lápiz que tenía en la mano—. Eso puede esperar a mañana.

Sí, era verdad, pero ella tenía que hacer algo.

—¿Invitas a amigos al apartamento o sueles cenar fuera?

—¿Te parece importante en estos momentos?

—Sí.

Wolfe le puso las manos en los hombros.

—Estás muy nerviosa. ¿Por qué?

Lara recurrió al cinismo.

—¿Porque soy tímida?

—Al menos, es diferente.

—¿Te refieres a la diferencia entre las otras mujeres de tu vida y yo?

Los ojos de él brillaron de humor.

—En parte.

—Quizá debieras anunciar en los periódicos que te has casado.

—Dudo que sea necesario.

—¿Y eso se debe a…?

—A una invitación a asistir a una gran fiesta de recaudación de fondos con fines altruistas mañana por la noche.

—Ah, qué bien. Así podré vestirme de gala y jugar a representar mi papel.

—Lo harás bien.

—Por supuesto.

En ese momento, llamaron al interfono.

Wolfe cruzó la cocina y miró por la pantalla del interfono. Después de ver la tarjeta de identificación del repartidor, apretó el botón de apertura.

—Nuestra comida.

Wolfe había pedido comida china. Estaba deliciosa y ella lo reconoció mientras comían. Cuando acabaron, tiraron los restos a la basura.

—¿Café?

—Solo y fuerte. Tengo que hacer unas cosas en el ordenador.

—Bien. Yo iré a ver qué ponen en la televisión.

Lara se alegró de quedarse sola y, sentada en

un sillón reclinable de cuero, se puso a ver una película.

Era medianoche cuando Wolfe la encontró allí dormida. Durante unos momentos, se quedó contemplándola. Después, con sumo cuidado, la tomó en sus brazos y la llevó a la habitación principal.

Lara no se despertó cuando la tumbó en la cama. Quitarle las zapatillas no fue problema, pero los pantalones y el jersey eran otra cosa.

Lo consiguió sin despertarla. Entonces, se despojó de su ropa, rodeó la cama y se acostó.

Lara se despertó y descubrió que estaba sola en aquella enorme cama. En cuestión de segundos se ubicó y también recordó haberse quedado dormida viendo la televisión.

Vestida, si la memoria no le fallaba.

Pero a menos que fuera sonámbula sin saberlo, alguien debía haberla llevado allí y haberla desnudado. Y solo había una persona que podía haberlo hecho.

Wolfe.

—Estás despierta.

Los ojos de Lara se agrandaron mientras Wolfe cruzaba la habitación y se acercaba a ella con una taza de aromático y caliente café.

Vestido con pantalones sastre, camisa azul claro, corbata de seda y chaleco desabrochado, Wolfe se ajustaba perfectamente a la imagen del omnipotente hombre de negocios que ella sabía que era.

Impresionante, algo intimidante y atractivo.

Ella, por su parte, se encontraba en desventaja. No obstante, sujetando la sábana para cubrirse el pecho, se incorporó en la cama hasta sentarse y aceptó la taza de café.

–Gracias.

Wolfe, agachándose, le retiró un mechón de pelo que le caía por el rostro y después le acarició la mandíbula.

–Tentadora –dijo él con indolencia–. El chófer me está esperando abajo para llevarme a la oficina. Mike volverá dentro de una hora para llevarte a donde quieras. Te he dejado una tarjeta de crédito y dinero, y le he dicho a Mike que, como tarde, te traiga a las cinco.

Lara le dio las gracias.

–Que te diviertas.

Mike, por su parte, parecía tener sus propias instrucciones y la lista la encabezaban una serie de tiendas de diseño en la Avenida Madison y en la Quinta Avenida.

–Según tengo entendido, algo para llevar esta noche –observó Mike con una respetuosa sonrisa.

–Y va a acompañarme, ¿verdad?

–¿Le molesta tener un guía?

Lara le lanzó una significativa mirada.

–¿Tiene importancia que me moleste o no?

–Sería algo incómodo –concedió él.

–No es probable que me pierda y tengo un teléfono móvil.

–Es una mujer joven sola, hace años que no ha estado en Nueva York y no sería profesional por mi parte dejarla sola.

Obviamente, Lara no iba a gozar de independencia ese día.

–Está bien, iremos a comprar el traje de noche. Supongo que tengo que comprarme uno impresionante, ¿verdad?

–Sí.

–En ese caso, pongámonos en marcha.

Les llevó unas horas, pero el resultado fue un despampanante vestido de seda de color coral sin hombros y una chaquetilla de manga tres cuartos con incrustaciones de cristal. También compró unas sandalias de tacón fino y muy alto. Mike se hizo cargo de las cajas cuando salieron de la tienda.

–Vamos a almorzar, estoy muerta de hambre –dijo ella al salir a la calle.

Mike la llevó a Le Cirque, en Madison, donde tanto la comida como la presentación resultaron perfectas. Después, ella se negó a hacer más compras, a excepción de una visita a un supermercado.

–Sonría –le dijo ella a Mike mientras recorrían los pasillos del supermercado–. Esto es divertido.

–Si usted lo dice…

Lara le dedicó una traviesa sonrisa.

–¿No le gusta comprar comida?

–Aparte del desayuno, Wolfe casi nunca come en casa.

¿Era posible que cenara fuera todas las noches? Lo que, inevitablemente, la hacía preguntarse dónde y con quién. Y después del con quién... ¿en casa de ella o en la de él?

¿Y por qué le importaba tanto?

«Porque sí, porque él te importa», se contestó a sí misma. «Pero tú a él no. Al menos, no como te gustaría que le importaras».

Lara leyó su lista.

—Bueno, ya está todo. Hemos acabado.

Juntos metieron la compra en el maletero del coche y luego, al llegar a la casa, Mike la ayudó a subir la compra al apartamento.

—Gracias —le dijo Lara con sinceridad cuando Mike se iba a recoger a Wolfe—. Le agradezco la compañía.

—Ha sido un placer.

Lara disponía de dos horas para ducharse, vestirse, peinarse y maquillarse. Y todo ello podía hacerlo en la mitad de tiempo.

Wolfe entró en la habitación cuando ella se estaba peinando, y levantó la cabeza mientras él se quitaba la chaqueta y se aflojaba la corbata antes de acercarse.

—Hola —dijo Lara con la mirada arrobada al tiempo que él bajaba la cabeza y se apoderaba de sus labios con los suyos.

¡Cielos!

—Tengo que darme una ducha y afeitarme.

Wolfe se desabrochó la camisa y los pantalones, y ella continuó peinándose... al menos, esa era su intención.

Aunque no lograba concentrarse en la tarea, admitió para sí.

«¡Vamos, concéntrate! Esta noche es tu debut en la alta sociedad de Nueva York. Vas a hacer tu aparición como esposa de Wolfe. Tienes que deslumbrarlos. Así que péinate, maquíllate y vístete. Y luego, cuando hayas terminado, representa bien tu papel».

–Preciosa –le dijo Wolfe mientras se ponía la chaqueta del traje.

–Gracias a Mike, que me ha llevado a una tienda muy cara.

Wolfe se metió la cartera en el bolsillo y se miró el reloj.

–Tenemos que irnos ya.

Bajaron en silencio en el ascensor. Mike les estaba esperando a la puerta del edificio, en el Mercedes. Y, en cuestión de minutos, estaban en medio del tráfico de la ciudad.

El nerviosismo de Lara aumentó al llegar a la entrada del famoso hotel y cruzar la puerta del vestíbulo.

Wolfe le puso una mano en la cintura y ella sonrió.

–Si me dejas sola, te mataré –le advirtió ella en voz baja.

Wolfe le pasó la mano por la espalda.

–Me gustaría verte intentándolo.

Había fotógrafos en abundancia capturando la llegada de los famosos invitados, y Lara sintió un gran alivio cuando entraron en el gran salón.

Había camareros y camareras uniformados ofreciendo champán, zumos y agua mineral. Ella rechazó el alcohol, y eligió un zumo de naranja.

–Querido Wolfe –la suave ronquera de aquella voz pertenecía a una despampanante morena que era la perfección personificada desde la cabeza a los pies y que no parecía disimular querer comerse a Wolfe.

Quizá ya lo hubiera hecho.

–Hola, Stefania –dijo él, rozándole una mejilla con los labios–. Mi esposa, Lara.

Y Lara vio esos hermosos ojos verdes empequeñecer ligeramente.

–Sí, había oído rumores al respecto, pero no creía que fueran ciertos–. ¿Por qué, querido, cuando lo estábamos pasando tan bien?

–Lo nuestro era amistad.

–¿Amistad, querido?

–Sabías que no había nada más entre nosotros –dijo Wolfe con amabilidad, pero aquella mujer parecía dispuesta a no creerle.

No obstante, Stefania dedicó a Lara una radiante sonrisa y añadió:

–¡Felicidades!

–Gracias –respondió Lara educadamente.

–Wolfe, amigo.

La cálida voz de hombre supuso una afortunada interrupción, y Wolfe saludó a su vez con afecto.

–Raf.

–Te dejé un mensaje con tu secretaria –entonces, Raf se volvió a Lara–. Raf del Avica. Y la felicito, mi mujer había dado a Wolfe por perdido.

La expresión de Raf se tornó cortés y fría al saludar a Stefania; después, volvió a sonreír a Lara.

–¿Le molesta si se lo robo unos minutos?

¿Cómo podía negarse?

–No, en absoluto.

–Puede que se haya casado con Wolfe, pero jamás poseerá su corazón –le dijo Stefania con vehemencia cuando Wolfe y Raf se hubieron apartado.

–Está equivocada. Mi marido ha probado una variada selección y se ha quedado con la mejor.

Una burlona carcajada escapó de la garganta de Stefania.

–No se engañe. Un hombre como Wolfe solo se casa para tener un heredero.

Lara se quedó mirando a la exótica belleza mientras se alejaba para mezclarse con el resto de los invitados.

En ese momento, Wolfe se volvió y ella le dedicó una espléndida sonrisa mientras él se le acercaba.

–Dime, ¿cuántas mujeres más tienen derecho a reclamarte? –le preguntó ella con voz queda.

Wolfe arqueó las cejas.

–¿Stefania?

–Hemos tenido una conversación reveladora.

–¿Y quién ha ganado?

–Hemos empatado –contestó Lara.

Unos minutos después, las puertas de otra sala se abrieron y los invitados comenzaron a ocupar sus asientos.

Hubo discursos mientras uniformados camareros servían bebidas, y después hubo atracciones.

Wolfe representó el papel de esposo enamorado a la perfección, acariciándole los hombros, poniéndole la mano en la pierna o besándole la mano.

Lo más escandaloso que hizo fue agarrar un trozo de comida con el tenedor y ponérselo en la boca.

Pero los dos podían jugar a eso, y Lara le puso la mano en el muslo, aunque demasiado arriba del muslo, mientras hablaba con los invitados sentados frente a ellos sobre las especies en peligro de extinción en África.

—No sabía que supieras tanto de eso —le dijo Wolfe mientras ella le sonreía.

—Soy una cajita de sorpresas.

Wolfe acercó el rostro a su oído y le murmuró:

—Si subes la mano un poco más…

—¿Promesas, cariño?

—Cuenta con ello.

—Mmmmm —Lara se lamió los labios con la punta de la lengua y luego miró su plato—. Delicioso.

Mientras continuaban comiendo, resultaron patentes los esfuerzos de una de las mujeres sentadas a su mesa por atraer la atención de Wolfe.

Lara decidió ignorarlo.

Tras la cena, hubo música en vivo.

La velada estaba llegando a su fin y Lara sintió un gran alivio cuando Wolfe llamó a Mike por el móvil para pedirle que fuera a recogerles con el coche a la entrada del hotel.

Su primera aparición en sociedad como esposa de Wolfe estaba a punto de concluir y no protestó cuando él le tomó la mano, entrelazando los dedos con los suyos, y, tras despedirse de los demás comensales, se levantó.

El Mercedes, con Mike al volante, les estaba esperando y, pronto, se encontraron en medio del tráfico camino a su piso en Upper East Side.

Era maravilloso poder dejar de representar un papel, pensó Lara mientras salían del coche y caminaban hacia la entrada del edificio.

–Lo hemos hecho muy bien –observó Wolfe al entrar en el cuarto de estar, y ella volvió la cabeza para mirarle.

–¿Te refieres al toqueteo, a Stefania, a cómo atraes a las mujeres…?

–¿Ha llegado el momento de hacer una disección?

Lara esbozó una falsa sonrisa.

–¿De todas tus amantes? ¿Cuánto tiempo nos va a llevar? Me gustaría acostarme antes del amanecer.

La ronca risa de él casi la deshizo y, sin más palabras, Lara cruzó la estancia y se dirigió hacia el dormitorio.

Durante un momento, estuvo tentada de ir a uno de los cuartos de invitados, pero cambió de idea.

En su dormitorio, se desvistió, se desmaquilló, se puso su camiseta de dormir, se metió en la cama y se tumbó de espaldas al sitio que él iba a ocupar.

No había sido un gesto sutil, pero Wolfe entendería el mensaje.

Lara fingió estar dormida cuando Wolfe entró en el dormitorio. Le oyó mientras se quitaba la ropa y, al cabo de unos minutos, le sintió ocupar su sitio en la cama y apagar la luz de la mesilla de noche.

Silencio. Ningún movimiento. Pronto, oyó el sonido de su respiración.

¿Se había dormido?

¿Cómo podía dormirse cuando ella tanto necesitaba desahogarse?

Y mientras mantenía imaginarias discusiones con él, se quedó dormida.

Capítulo 9

C UANDO Lara se despertó, se encontró sola en la cama y el piso vacío. En la cocina, vio un juego de llaves y una nota de Wolfe, diciéndole que ya se había ido a la oficina.

Mientras se tomaba una segunda taza de café sonó su teléfono móvil. Al responder, vio que era Wolfe.

–Voy a estar todo el día de reuniones –dijo él sin preámbulo–. Volveré tarde, no me esperes a cenar.

–Bien.

–Mike te va a llamar dentro de unos minutos para llevarte a donde quieras. ¿De compras?

–Gracias.

Una conversación educada, corta y directa.

¿Qué había esperado?

¿Por qué se sentía tan desilusionada?

Cuando Mike la llamó, Lara le dijo que se reuniera con ella en la puerta del edificio a las diez. Después de ponerse unos zapatos cómodos, agarró su chaqueta, el bolso, las llaves y se marchó.

–¿A la Quinta y a Madison? –preguntó Mike mientras ella se sentaba en el asiento contiguo al del conductor–. Me resultará un placer ser su guía.

Lara alzó las manos en un gesto conciliatorio.

–Está bien, entendido. Son las órdenes de Wolfe.

–Instrucciones –le corrigió Mike ya con el coche en marcha.

Resultó un día agradable e interesante. Visitaron el museo Guggenheim, en el que había una exposición de pinturas de los siglos XIX y XX en las galerías Rotunda y Tower.

Mike era una persona simpática y fácil de tratar, y a Lara no le pareció una indiscreción preguntarle cuánto tiempo llevaba de empleado de Wolfe.

–Cinco años.

Mike la llevó de vuelta al piso unos minutos antes de las seis. Lara se duchó, se puso unos vaqueros y una camiseta y después se preparó una tortilla de champiñón, tomates, cebolla y queso. Cenó en el comedor, recogió la cocina y después se sentó a ver la televisión.

A las once, apagó el televisor y se fue a la cama. No sabía cuándo volvería Wolfe; pero, a la mañana siguiente cuando se despertó, volvió a encontrar la cama vacía y otra nota en la cocina..., seguida de otra llamada telefónica mientras desayunaba.

–Voy a pasar los próximos días de reuniones –le dijo Wolfe cuando ella contestó el teléfono.

Lara le respondió con voz falsamente dulce:

–No había notado tu ausencia.

–En ese caso, te despertaré esta noche.

El pulso de Lara se aceleró al instante.

–Estarás demasiado cansado.

La suave y ronca risa de él la excitó aún más.

–Diviértete.

–Lo haré.

Cuando Mike la llamó para preguntarle adónde quería ir, Lara le contestó que a dar una vuelta por Central Park. El ejercicio era una cura perfecta para el estrés.

Lara oyó un quedo gruñido.

–¿No prefiere ir de compras?

–¿Significa eso que no le apetece ir a dar un paseo? –le preguntó ella a modo de contestación.

–Cinco kilómetros máximo.

–Hecho. Con una condición, que vayamos a almorzar a alguna parte –Lara arrugó la nariz mirándole–. Llamémoslo trabajo de investigación.

–Para su restaurante de Sidney.

–Se me han ocurrido algunas ideas.

–¿Sí?

Lara le dio los nombres de algunos de los mejores restaurantes de Nueva York.

Mike hizo una mueca.

–Llamaré para reservar mesa por adelantado.

Hacía sol, había una suave brisa y la temperatura era fresca. Un día ideal para caminar.

–¿No es esto maravilloso? –comentó Lara mientras cruzaban un bonito puente en el parque.

Tuvo tiempo para darse una ducha rápida después del paseo y, a continuación, volvió a reunirse con Mike a la entrada del edificio para ir a almorzar.

La comida fue excelente, los arreglos florales deslumbrantes, el servicio impecable y los comensales ofrecían una gran diversidad visual.

Era avanzada la tarde cuando Lara volvió al piso y la idea de pasar sola la tarde no le apetecía. Había un restaurante de aspecto acogedor a poca distancia de la casa y le pareció buena idea ir a probar su comida.

El restaurante era acogedor, estaba lleno y la comida era sorprendentemente buena. Eran casi las nueve cuando regresó al piso y pasaban de las diez cuando Wolfe lo hizo.

¿Era su imaginación o tenía ojeras bajo los ojos?

—¿Mucho trabajo?

Wolfe se quitó la chaqueta y la corbata y luego se acercó al asiento donde ella estaba leyendo una revista. Sin pronunciar palabra, Wolfe le quitó la revista, la abrazó y la besó.

—¿Así dices tú hola? —preguntó Lara cuando recuperó la respiración.

Los ojos de Wolfe brillaron traviesamente cuando la alzó en sus brazos y, después de sentarse, se la sentó a ella encima.

No había logrado apartarla de su mente en todo el día. Le sorprendía lo mucho que la deseaba.

–Puedo preparar un café –dijo Lara.

–Voy a darme una ducha y luego me voy a la cama –pero, por el momento, se contentaba con tenerla encima–. ¿Lo has pasado bien paseando por Central Park?

Tenía el rostro de Wolfe cerca, demasiado cerca...

–Te lo ha dicho Mike –no fue una pregunta, sino una afirmación.

Las manos de Wolfe le acariciaron los pechos antes de desabrocharle los botones de la camisa para acariciarle los pezones por encima del sujetador.

–¿Y tú...? ¿Qué... tal día... has tenido?

–Reuniones y más reuniones. Ah, e invitaciones.

–¿Invitaciones a actos sociales?

–Unas cuantas –respondió él antes de hacerla levantarse. Después, tras un breve y duro beso, se dirigió al dormitorio.

Lara se reunió con él cuando Wolfe salió del cuarto de baño. Al instante, él se le acercó, le quitó el camisón y ella le soltó la toalla que llevaba atada a la cintura.

Wolfe se tomó su tiempo. La excitó hasta hacerla enloquecer y ella, rodeándole la cintura con las piernas, se dejó llevar a la cima del placer; entonces, él la siguió.

Tumbados y satisfechos, Wolfe comenzó a acariciarle el cuerpo perezosamente: los pechos, el vientre... y el sensible clítoris. Continuó acariciándoselo hasta hacerla gritar una vez más de placer.

El almuerzo al día siguiente no decepcionó a Lara. Después, con Mike a su lado, fue a visitar galerías de arte contemporáneo, entró en una tienda de artículos artesanales y allí compró regalos para Sandy, Sally, Shontelle, Tony y el resto de los empleados de su restaurante en Sidney.

Wolfe no le había dicho que iba a volver tarde y ella se dio el placer de preparar una deliciosa ensalada, *coq au vin* con verduras y, de postre, *crème brûlée* y fruta.

Eran casi las siete cuando Wolfe regresó y a ella empezó a palpitarle el corazón con fuerza.

Tuvo que contenerse para no correr hacia él, arrojarse a sus brazos y besarle.

–Hola.

–¿Has tenido un buen día? –preguntó él.

–Sí, estupendo –respondió ella mientras le veía quitarse la camisa, aflojarse la corbata y desabrocharse el chaleco–. He preparado la cena. Si quieres, puedes darte una ducha y cambiarte antes de cenar.

–Gracias –Wolfe recogió la chaqueta y se la echó al hombro.

Cenaron en el comedor. Wolfe agarró la botella de Chardonnay que había puesto en una hielera de cristal con hielo y llenó dos copas. Chocaron sus copas en un brindis.

La ensalada estaba fresca y bien aderezada, y el pollo y la guarnición de verduras estaban preparados a la perfección.

–He recibido un mensaje de Sally en el móvil –le dijo Lara–. El restaurante está yendo bien y dice que Tony es maravilloso.

Lara sonrió traviesamente y añadió:

–Creo que esos dos se gustan.

Wolfe se recostó en el respaldo de la silla.

–El decorador de la casa en Sidney me ha enviado un mensaje electrónico. Dice que todo marcha bien y que no ha habido retrasos.

Lara comenzó a recoger los platos y los cubiertos.

–Voy a ir a preparar café.

–Antes de ir a hacer el café… ¿no tienes nada que contarme?

–¿Como qué?

–Como tu salida a cenar anoche sola al restaurante.

Lara se lo quedó mirando unos momentos con expresión de incredulidad.

–¿Has hecho que me siguieran?

–Un periodista te grabó en vídeo a la salida del restaurante.

Al instante, la expresión de Lara mostró su consternación.

–¿Por qué?

–Porque, te guste o no, soy conocido y, en virtud de tu matrimonio conmigo, también lo eres tú.

Wolfe sacó el periódico de su cartera y lo abrió por la página en la que estaba la foto.

La fotografía era bastante buena y el encabezamiento decía: *La esposa de un magnate cena sola... ¿Problemas en el paraíso?*.

Era un incidente desafortunado y una injusticia, y Lara así lo declaró.

−Estoy de acuerdo.

−¿Y ahora qué pasa? ¿Habrá que ponerse a reparar el daño lo antes posible?

−Algo así.

−¿Antes o después de que me regañes?

A Lara le pareció vislumbrar un brillo de humor en la oscura mirada gris de Wolfe, pero pensó que quizá estuviera equivocada.

−Si querías cenar ahí, lo único que tenías que haber hecho era pedirme que te acompañara.

−Estabas de reuniones. Fue algo que se me ocurrió en el momento. Además, sé cuidar de mí misma.

−Te lo repito, no quiero que vayas deambulando tú sola de noche por las calles.

−La calle, en singular −le corrigió ella−. En esta misma manzana a unos doscientos metros de aquí. Y no era del todo de noche.

Aquello era ridículo y se lo dijo también.

Con furia, Lara agarró los platos y los cubiertos y los llevó a la cocina. Y si él la seguía...

Pero Wolfe no la siguió y, mientras metía los platos en el lavavajillas, planeó diferentes formas de vengarse de él.

La sencillez del plan elegido le hizo lanzar una queda carcajada. Era ideal y sumamente apropiado.

Aunque le asaltaron las dudas mientras descansaba al lado de Wolfe un poco antes del amanecer después de haber hecho el amor hasta la saciedad.

Cuando Lara se despertó, lucía un débil sol. Se duchó, se vistió con unos pantalones de sastre y una blusa y se recogió el pelo en un moño. Después, se puso una chaqueta, agarró el bolso y las llaves y bajó al vestíbulo para reunirse con Mike que iba a llevarla a hacer la compra.

Compró los alimentos que tenía anotados en su lista. Y cuando Mike la llevó de vuelta al piso, ella rechazó su oferta de ayudarla a subir la compra.

Se le daba de maravilla cocinar y tomó especial cuidado en la presentación de cada plato.

A las seis de la tarde, se peinó el moño, se maquilló y se perfumó… y esperó pacientemente a la llegada de Wolfe. Con cierta aprensión, le hizo sentarse a la mesa del comedor después de que se duchara y se cambiara de ropa.

Lara sirvió el primer plato, se sentó frente a Wolfe y, disimuladamente, le observó mientras comía las ostras rellenas con queso Camembert y beicon.

El segundo plato era un filete de salmón relleno con marisco en salsa, acompañado de patatas asadas bañadas en crema de queso, champiñones rellenos y calabacines rellenos, todo ello cubierto con queso rallado.

—No me atrevo a imaginar lo que has preparado de postre —comentó Wolfe mientras ella se levantaba de la silla para ir a por el postre.

Que eran dos merengues con crema, fresas y trocitos de kiwi, todo ello bañado en jugo de uva.

Wolfe se recostó en el respaldo de la silla y se la quedó mirando pensativamente. En la cena todo había estado «relleno»*. Le resultaba difícil no echarse a reír por la nada sutil venganza de Lara.

—He entendido el mensaje.

Lara le ofreció una radiante sonrisa.

—Confiaba en que lo hicieras.

Lara le fascinaba. Era impredecible e independiente. Y tenía genio.

—¿Te das cuenta de que eso no cambia nada?

—Sí, lo sé. Pero sigo pensando que es una tontería lo de que no puedo salir sola.

—Dime, ¿tienes intención de presentarme un menú similar cada vez que no estemos de acuerdo en algo? —preguntó él no falto de humor.

—Puedes estar seguro de ello. Me ha encantado divertirme a tu costa.

—Quizá debieras prepararte para más diversión —contestó Wolfe con humor—. Has recibido

---

*Traducido del original inglés *stuffed*. La protagonista juega con este significado y el de la expresión *Get stuffed!*, que significa: «¡Vete a la porra!» (N. del E.)

una invitación para ir a almorzar con Abigail van Heuvre.

–Qué maravilla. Necesitaré consultar mi agenda para ver si estoy libre.

–Te advierto que rechazar una invitación de Abigail es igual que cometer un suicidio social.

–En ese caso, podría romperme una pierna… ¿para cuándo?

–El jueves.

–¿De esta semana?

–Sí.

Wolfe parecía divertido, maldición.

–Haré lo posible –respondió Lara con otra sonrisa.

–Mike te llevará.

–Naturalmente. Una tiene que hacer su aparición como es debido.

–La invitación ha sido entregada en mano.

–En tu oficina, por supuesto –comentó ella.

–Mi secretaria lo arreglará todo.

–Abigail van… lo que sea va a sufrir una decepción.

–Debería regañarte.

–¿Antes o después del café?

–Sería una pena ignorar el postre, ¿no te parece? –comentó él con una mirada significativa.

Capítulo 10

UNA invitación de Abigail van Heuvre a un almuerzo era como si una reina la hubiera invitado, reconoció Lara mientras elegía un precioso vestido de seda de color jade con chaqueta haciendo juego que cumplimentó con unos elegantes zapatos de tacón. Se maquilló y se recogió el cabello en un moño, que se sujetó con un pasador de pelo dorado que hacía juego con los pendientes y la pulsera.

Lara sonrió a Mike cuando este le abrió la portezuela del coche.

—Llámeme cuando esté lista para salir. Y disfrute del almuerzo.

¡Como si eso fuera posible! Iba a enfrentarse a un grupo de once mujeres a las que jamás había visto, mujeres que se encontraban entre la *crème de la crème* de la alta sociedad neoyorquina y cuya intención, aunque disimuladamente, era descubrir por qué Wolfe la había elegido a ella como esposa.

«Sonríe», se dijo en silencio mientras se adentraba en el vestíbulo del restaurante.

—Lara —una exquisitamente vestida mujer se le

acercó y le dio un beso en la mejilla–. Soy Abigail van Heuvre. Encantada de conocerte.

–Igualmente. Gracias por invitarme.

–Las chicas están tomando unas copas antes de la comida. Vamos a reunirnos con ellas, ¿te parece?

Después de las presentaciones, Lara aceptó una copa de champán y se preparó para el inevitable interrogatorio.

Cortésmente, las invitadas esperaron a estar sentadas a la mesa. Y tras pedir la comida, comenzaron…

–El matrimonio de Wolfe nos ha sorprendido a todas.

Lara sonrió al tiempo que miraba a la impecablemente vestida mujer sentada a su derecha.

–¿Sí?

Perfectamente maquillada, exquisitamente peinada y luciendo caras joyas, le habían presentado a Romy como la esposa de un rico industrial de la ciudad.

–Sí, claro. Creíamos que Wolfe nunca… –Romy hizo una delicada pausa.

–¿Que nunca se casaría? –concluyó Lara con cierto humor.

–Me encantaría saber cómo os conocisteis.

–Hace años que nos conocemos.

–¿En serio?

–Tengo entendido que estáis emparentados de alguna forma, ¿no? –intervino Abigail antes de beber un sorbo de champán.

Dado que no tenía sentido engañar a nadie, Lara respondió:

—El padre de Wolfe, que era viudo, se casó con mi madre, que estaba divorciada, hace unos años.

—He oído que fallecieron no hace mucho a causa de un accidente automovilístico. Te ofrezco mi más sincero pésame. Qué tragedia —dijo Abigail con aparente sinceridad.

Lara reconoció el gesto con una inclinación de cabeza.

—Tengo entendido que Wolfe va a trasladarse a Sidney para hacerse cargo de las empresas de su padre.

—Sí —¿qué otra cosa podía responder?

—Debes sentirte sola aquí, teniendo en cuenta que él se pasa en la oficina todo el día.

—No, en absoluto. He visitado muchos museos y galerías de arte.

—Ah… qué interesante.

Lara sonrió.

—Y voy a Central Park a caminar con regularidad.

—¡Cielos! ¿Es que no vas al gimnasio? —comentó una de las invitadas llevándose la mano a un pecho de silicona.

Otra de las mujeres comentó:

—Será un placer incluirte en nuestros almuerzos mientras estás en Nueva York. Y también en las fiestas con fines benéficos. Además, puedo llevarte a mi especialista en estética, es maravillosa.

–Qué amable.

–Y yo te puedo llevar a mi modisto, es extraor-
dinario. Pediré una cita para ti, ¿te parece?

Lara fingió pesar al contestar:

–Suelo estar ocupada por las tardes preparan-
do la cena.

Se hizo un silencio significativo que duró
unos segundos.

–¿No tienes criados? –dijo una de las invitadas
con expresión de estar ligeramente escandalizada.

–Me gusta cocinar.

–Qué… hogareña.

Las preguntas y los comentarios continuaron,
y ella respondió como mejor pudo y siempre con
una sonrisa.

Al cabo de casi tres horas, fue Lara quien decidió poner fin al almuerzo indicando que tenía
que llamar a su chófer para que fuera a recogerla.

Después de dar las gracias educadamente, se
despidió y prometió mantenerse en contacto.

Mike, menos mal, estaba esperándola en el
coche cuando salió del restaurante. Le abrió la
puerta trasera, esperó a que se sentara, se sentó él
al volante y pronto se alejaron de allí.

Por fin, Lara pudo relajarse y, recostándose en
el respaldo del asiento, cerró los ojos.

–¿Quiere volver a la casa?

–Sí, gracias.

Tan pronto como Lara se encontró en el piso,
se quitó los zapatos de tacón, fue al dormitorio,
se desmaquilló y se soltó el pelo.

Una vez que se cambió de ropa, pantalones vaqueros y camiseta, fue a la cocina, bebió un vaso de agua y decidió preparar pasta con champiñón, beicon y nata acompañada de ensalada para cenar.

Cuando Wolfe llegó, puso la pasta a hervir y aceptó la copa de vino que él le ofreció.

–¿Qué tal el almuerzo?

–¿Te refieres al distinguido interrogatorio?

Los ojos de él brillaron de humor.

–Has estado muy bien –declaró él–. Abigail se ha quedado impresionada contigo.

–¡Qué! ¿Ya se ha puesto en contacto contigo?

Wolfe bajó la cabeza y le rozó los labios con los suyos.

–«Encantadora», eso es lo que ha dicho de ti.

–Vaya.

Lara no podía pensar con las manos de Wolfe cubriéndole las nalgas.

Wolfe le pasó los labios por la garganta.

–Sí, vaya.

–Me estás distrayendo.

–Al parecer, no lo suficiente –dijo Wolfe, acariciándole los pechos.

A Lara empezó a resultarle difícil respirar.

–Si estás intentando seducirme…

–¿Es que no estás segura?

–Bueno, la evidencia… es bastante convincente.

La risa de él la derritió.

–Faltan unos quince minutos para que esté la cena.

–No es suficiente tiempo para lo que tengo pensado.

–Pero la pasta…

Wolfe se acercó a la cocina, apagó el fuego y apartó la cazuela.

–Ya está.

Los ojos de Wolfe habían oscurecido por la pasión, una pasión que igualaba la que ella sentía.

Más tarde, mucho más tarde, se dieron una ducha y, con los albornoces, fueron a cenar a la cocina.

Lara y Mike interrumpieron su paseo por el cosmopolita SoHo para tomar un café.

Un camarero les llevó los cafés y una botella de agua, pero se detuvo al oír la voz de Lara.

–Su acento… es australiano, ¿verdad?

Lara asintió, le devolvió la sonrisa al camarero y volvió de nuevo la atención hacia Mike.

–Supongo que después del café deberíamos volver a casa.

–Esta noche tiene que ir a la fiesta de Lloyd-Fox.

Una importante familia adinerada de Manhattan. ¿Cómo iba a olvidársele?

–¡Esto es increíble! –exclamó una voz de hombre–. ¡Pero si es Lara Sommers!

Sara se volvió, clavó los ojos en ese hombre alto, desgarbado, rubio y de ojos azules… y lanzó un grito de placer y una carcajada.

–¡Gus!

Se levantó de la silla, se abrazaron y se miraron.

–Gustav, querida. Queda mejor, ¿no te parece? Y este es mi establecimiento –Gus hizo un gesto en forma de arco.

Después, Gus vio el anillo que Lara llevaba en el dedo, miró a Mike y arqueó las cejas.

–Mike es mi guía en esta ciudad –respondió Lara a la silenciosa pregunta de Gus; después, miró a Mike–. Gus y yo estudiamos juntos en la escuela de cocina.

–¡Ah, esos días de alta cocina, vino y... otras cosas! –Gus le agarró la mano y se la llevó a los labios–. Querida, qué alegría verte. Por cierto, ibas a abrir un restaurante, ¿no?

Lara le contó, en pocas palabras, la situación.

–Anda, ven a que te enseñe la cocina –dijo Gus con ojos brillantes–. Quiero que conozcas a mi mujer y que veas al maestro en acción. ¡Y ni se te ocurra criticar nada!

Lara sonrió a Mike.

–¿Le importa que vaya un momento? No tardaré.

–Tonterías. ¿Cómo se puede poner límite de tiempo a un par de *gourmands* en una cocina?

–Gus...

–Sssss. Vamos.

La cocina de Gus era un paraíso para cualquier cocinero. Ana, su mujer, era una encantadora morena de París de hermosos rasgos y pequeñas y habilidosas manos.

Pasaron una hora recordando viejos tiempos. Lara estaba a punto de despedirse cuando Ana lanzó un quedo grito; al mirar en su dirección, se dieron cuenta de que se había cortado con un cuchillo y, al examinarla, vieron que necesitaba atención médica urgentemente.

Lara vio preocupación en la expresión de Gus. Y al ver el dolor de Ana, tomó una rápida decisión.

–Vamos, tenéis que ir al médico. Yo ocuparé su puesto hasta que volváis. Venga, marchad.

Tardó un tiempo en poderle comunicar a Mike lo que había pasado.

–¿Por qué no se va? Le llamaré cuando esté lista para marcharme. O mejor aún, tomaré un taxi.

–Llámeme.

Transcurrieron varias horas y era ya por la tarde cuando su teléfono sonó en el momento en que Gus entró apresuradamente en la cocina.

Lara le saludó con la mano mientras respondía a la llamada.

–¿Dónde demonios estás?

Era Wolfe y, por su tono de voz, parecía furioso.

–Estaba a punto de llamar a Mike.

–Yo ya lo he hecho. Está esperándote.

Gus le dijo que Ana estaba bien, que le habían dado unos puntos y, después de despedirse de Gus con un abrazo, se quitó el delantal, agarró su bolso, salió de la cocina y encontró a Mike a la puerta del establecimiento.

La fiesta de Lloyd–Fox. Tenía que ducharse, vestirse y… aparecer resplandeciente. Y todo ello a la velocidad del rayo, a pesar de que iban a llegar tarde se diera la prisa que se diese.

–No digas nada –le imploró Lara a Wolfe cuando llegó al piso.

Después de arreglarse a toda prisa, salió al cuarto de estar y, al mirar a Wolfe, se quedó inmóvil.

–Puedo explicártelo todo.

–Luego. Ahora tenemos que irnos.

–Lo siento –dijo ella mientras salían del ascensor.

–Sí, ya me lo has dicho.

Guardaron silencio, un silencio que se prolongó durante el trayecto a casa de su anfitrión.

Llegaron a las ocho y media, en vez de a las ocho. Tomaron unas copas y después la cena para cuarenta personas.

Lara se mezcló con el resto de los invitados y se mostró encantadora. Le supuso un gran esfuerzo y estaba deseando que la fiesta terminara, pero lo logró.

Era casi medianoche cuando Wolfe y ella se despidieron de sus anfitriones y se marcharon.

Lara esperó a estar en casa para decir:

–Si vas a soltarme un sermón, hazlo de una vez y acabemos con ello cuanto antes.

–Hace cuatro horas sí lo habría hecho –dijo Wolfe con una voz aterciopelada que la hizo estremecer de placer bajo su mirada gris–. ¿No se te ocurrió pensar que podía estar preocupado?

–¿Preocupado, por qué? Mike estaba conmigo.

–Le dijiste que se marchara y que ya le llamarías.

–Y estaba a punto de llamarle cuando me llamaste tú.

–Y hasta entonces no sabía dónde estabas, no respondías a los mensajes por móvil que te mandé y se me ocurrió que podías haber tomado un taxi y…

Ella le miró con incredulidad.

–Al fin y al cabo, estabas en SoHo, de noche y sola –añadió Wolfe.

De repente, Wolfe le agarró el rostro y le dio un beso castigador.

Era como si Wolfe la quisiera devorar y conquistar… Y casi lo consiguió, antes de rebajar la presión y empezar a besarla perezosamente, haciéndola olvidarse de todo.

–En este momento, lo único en lo que quiero pensar es en ti… en mi cama y debajo de mí –dijo él con voz ronca.

Lara cerró los ojos.

–Sexo.

–¿No te gusta?

«Más de lo que puedes imaginarte, pero…»

Pero el sexo no era suficiente.

Quería que sus corazones latieran al unísono.

Quería que sus almas se unieran.

Sin embargo, por el momento, tenía que conformarse con el sexo.

Capítulo 11

NO había nada como volver a casa, pensó Lara mirando por la ventanilla del avión mientras descendía para aterrizar en Sidney.

Su estancia en Nueva York había sido una gran experiencia. Un mes de matrimonio con Wolfe compartiendo su vida... su cama.

Había comenzado a comprender los valores de él y a admirar su integridad. Y aunque no estaba segura de los sentimientos de Wolfe hacia ella, sí sabía que contaba con su afecto. Quizá eso fuera suficiente base para su futuro con él.

Sin embargo, deseaba más. Deseaba que Wolfe la amara, como ella le amaba a él.

Después de pasar la aduana y recoger el equipaje, subieron a la limusina que les estaba esperando para llevarlos a Point Piper.

Los jardines de la mansión presentaban un aspecto impecable.

–Debes haber contratado a un ejército de especialistas para haber conseguido todo esto –dijo ella mientras iba por la casa de habitación en habitación.

Y las palabras se le atragantaron al entrar en la cocina y ver los mostradores de mármol y los electrodomésticos. El frigorífico, el congelador y la despensa contaban con provisiones para satisfacer sus más inmediatas necesidades.

Lara se volvió a Wolfe, le rodeó el cuello con los brazos y le besó.

—Gracias. Es estupenda.

—¿La cocina? —Wolfe no conocía a ninguna mujer que pudiera mostrar tanto entusiasmo por un espacio para trabajar.

—Sí. Y tú también eres estupendo —respondió Lara con sinceridad.

Lara abrió los armarios, los cajones y no dejó de lanzar exclamaciones. Todo, absolutamente todo, se ajustaba a sus preferencias.

—¿Cómo es posible? —preguntó Lara volviéndose para mirar a Wolfe.

—El decorador se reunió con Tony y Sally.

Naturalmente. ¿Quién, que no fuera cocinero, podría comprender la importancia de utensilios profesionales?

—No sé qué decir.

—Puedes agradecérmelo más tarde.

Ella le lanzó una mirada radiante.

—Lo haré, no te quepa duda de ello.

—Creo que deberías ir al garaje.

Lara, obediente, le siguió hasta la puerta interior que daba al garaje con espacio para tres coches.

Uno de los espacios lo ocupaba el Lexus negro y otro lo ocupaba un BMW plateado. Fue entonces cuando Wolfe le dio unas llaves.

–El BMW es tuyo.

Lara se quedó sin habla unos segundos. Después, se echó a reír, le rodeó el cuello con los brazos y le dio un beso.

–Gracias.

–¿Te parece que subamos a ver las habitaciones de arriba?

Lara le dio la mano y entrelazó los dedos con los suyos. En ese momento, lo más fácil del mundo para ella habría sido decirle lo mucho que le quería. Pero tenía miedo de hacerlo.

En vez de con palabras, se lo dijo con la boca, con sus caricias y con la generosidad con la que se entregó a él.

Se quedaron dormidos y, cuando Lara se despertó, Wolfe estaba llenando la bañera del cuarto de baño de la habitación. Después, la tomó en sus brazos, desnuda, y la llevó a darse un baño con él.

Más tarde, secos y aún desnudos, Wolfe la llevó a la cama y juntos volvieron a quedarse dormidos.

Tardó varios días en adquirir una rutina. Una llamada telefónica le indicó que el restaurante iba bien, y ella estaba deseando ir para hablar con Sally, Shontelle y Tony.

Pero la casa era su prioridad, y Lara se tomó el tiempo que necesitaba para dar los últimos retoques.

Wolfe contrató una mujer de la limpieza, Charlotte, que se hacía llamar Charlie, y un jardinero, Alex.

Wolfe pasaba muchas horas en la oficina mientras se ponía al tanto del negocio de su padre, y Lara se daba el gusto de preparar la cena todas las tardes.

–Si sigues así, vas a hacer que engorde –bromeó Wolfe.

La idea era irrisoria. El cuerpo de Wolfe mostraba una simetría perfecta y todas las mañanas hacía gimnasia.

Les habían llegado varias invitaciones a las que tenían que responder. La más urgente era para asistir a una fiesta con fines benéficos, para una obra de caridad apadrinada por Darius y Suzanne. La fiesta iba a tener lugar ese fin de semana en un hotel de la ciudad, y Wolfe llamó para confirmar su asistencia.

Al día siguiente, Lara fue en su coche a Rocks y entró en el restaurante justo pasadas las once de la mañana.

Después de los besos y abrazos, se sentaron todos a tomar un café. Lara estaba feliz de encontrarse en casa, rodeada de amigos y sintiéndose completamente relajada.

–¿Y cómo está Wolfe? –preguntó Sally.

–Muy ocupado –respondió ella, consciente de

que Sally y Shontelle sabían que había algo de fondo respecto a su matrimonio–. Se va a trabajar a primera hora de la mañana y vuelve tarde casi todos los días.

–Lo que te deja con un montón de tiempo libre –dedujo Shontelle.

–¿Por qué no vienes a eso de las diez y te marchas pasadas las tres? –sugirió Tony–. No nos vendría mal un poco de ayuda y, además…

–Además podrías mantenerte al tanto del negocio –concluyó Sally.

–Me parece una idea estupenda –respondió Lara pensando en lo que tenía que hacer durante el resto de la semana–. Dadme unos días antes de empezar. Sin embargo, ahora que estoy aquí… ¿dónde está el delantal?

Lara ayudó con el almuerzo. Después ayudó a limpiar y, a continuación, echó un vistazo a los libros de contabilidad a petición de Tony.

–Parece estar todo bien –comentó ella al terminar–. Ha aumentado la clientela y, por tanto, los ingresos. ¡Bien hecho!

Fue entonces cuando recordó los regalos que había traído de Nueva York y se los dio.

Más abrazos y palabras de agradecimiento. Entonces, decidió que había llegado el momento de marcharse.

Estaba llegando a su casa cuando sonó el móvil. Era Wolfe para decirle que no le esperase a cenar, que llegaría tarde.

Unos días más tarde, al salir de una tienda

después de comprarse un vestido de algodón blanco que había visto en el escaparate y del que se había encaprichado, no había dado aún dos pasos hacia el coche cuando oyó su nombre. Alzó la cabeza y sonrió débilmente.

–¿Sí?

Se trataba de un hombre al que no conocía. Era de mediana estatura, grueso y de unos cincuenta y cinco años. Iba bien vestido.

–¿No me reconoces?

–No, lo siento.

–Hace ya mucho tiempo.

Lara rebuscó en su memoria… No, no podía ser.

–Soy Marc Sommers, tu padre.

No le fue fácil ocultar su sorpresa. Hacía más de veinte años que no le veía.

¿Su padre? ¿Allí? ¿Por qué?

No se le ocurría ningún motivo, aunque no pudo evitar sospechar.

–No tenemos nada que decirnos.

–Por favor –dijo Marc–. Me he enterado recientemente de tu matrimonio.

–¿Y has venido para felicitarme en persona?

–¿Tan difícil te resulta creer que me arrepiento del pasado? Fueron unos años muy duros, con un trabajo mal pagado y apenas dinero para pagar las facturas –la expresión de su padre se tornó pesarosa–. No me enorgullezco de cómo era.

–Y a mí no se me han olvidado las peleas. Tu comportamiento era inexcusable.

–Estoy de acuerdo. No puedo cambiar tu opinión de aquellos años, pero me gustaría que el futuro fuera distinto.

El corazón de Lara se endureció.

–¿Por qué eliges este momento?

–No sabía dónde estabas.

Lara no podía creerle. Darius Alexander había sido un prominente hombre de negocios que, con frecuencia, había aparecido en la sección financiera de los periódicos y también, en ocasiones, en las páginas de sociedad.

–¿En serio? Pues ahora me has localizado fácilmente –Lara se volvió para marcharse, pero su padre le puso una mano en el brazo, deteniéndola.

–Escucha, me gustaría verte de vez en cuando.

–No –y tras esa negativa, Lara apartó el brazo, se subió al coche y se marchó.

Eran casi las seis cuando llegó a Point Piper. El coche de Wolfe estaba metido en el garaje. Rápidamente, subió a la habitación consciente de que solo tenía media hora para ducharse y arreglarse antes de salir para la fiesta de recaudación de fondos.

Wolfe salió del baño con una toalla atada a la cintura y ella sonrió y se disculpó por llegar tarde.

–¿Tienes algo que contarme? –le preguntó él soltándose la toalla.

Lara contuvo la respiración durante los segundos que le vio desnudo antes de ponerse los calzoncillos y los pantalones. ¿Se acostumbraría alguna vez a verle desnudo? Con solo mirarle se derretía.

–En estos momentos, lo que necesito es ir a darme una ducha rápida.

Wolfe se acercó a ella, le tomó la barbilla y le preguntó:

–¿Te pasa algo?

–No, nada –le aseguró Lara, consciente de que él no la creía.

–Está bien, esperaré a que me lo cuentes.

Media hora más tarde, Lara estaba vestida, maquillada y con el pelo recogido en un elegante moño. Había elegido un vestido largo de color azul que ensalzaba sus suaves curvas y unos zapatos de tacón alto.

Enfundado en un traje negro con camisa blanca y pajarita negra, Wolfe poseía un atractivo primitivo bajo el sofisticado atuendo.

La fiesta a la que asistieron se celebraba para recaudar fondos para una organización destinada a aliviar la pobreza infantil, una de las organizaciones de caridad preferidas de Darius y Suzanne; tuvo lugar en un lujoso hotel de la ciudad y a ella asistieron personalidades de la ciudad.

Pasaba la medianoche cuando regresaron a su casa. Mientras Wolfe conectaba el sistema de alarma, Lara se quitó los zapatos de tacón y, descalza, subió las escaleras hasta su habitación.

Una vez allí, cansada, se acercó a la cómoda, se quitó las joyas y echó los brazos hacia atrás para bajarse la cremallera del vestido.

Wolfe se acercó a ella por la espalda y le ahorró la tarea. El vestido cayó a la alfombra, dejando al descubierto un tanga, nada más.

Lara sintió las manos de él deslizarse bajo sus brazos para cubrirle los pechos y acariciarle los pezones.

Después de besarle la nuca, Wolfe le soltó las horquillas que le sujetaban el moño y, a continuación, le bajó el tanga.

–No es justo –murmuró Lara mientras él le acariciaba las caderas deslizando la mano hasta la entrepierna.

–¿Qué no es justo?

–Tú estás vestido y yo no.

El cálido aliento de Wolfe le acarició una sien.

–¿Quieres hacer algo por remediarlo?

–Mmmm –Lara se volvió de cara a él, captó la pasión de sus ojos y sonrió traviesamente–. Creo que lo primero va a ser la pajarita.

Se tomó su tiempo para deshacerle el lazo. A continuación le desabrochó la camisa, sacándosela de debajo del pantalón. Siguió la chaqueta... Una vez que le hubo despojado de esas prendas, le acarició los hombros y los magníficos músculos del pecho.

Los pantalones... ¿Primero el cinturón o la cremallera?

La cremallera.

Y con dedos vacilantes, le acarició la erección. Le oyó tomar aire y sonrió. Siguió el cinturón mientras oía un cambio en el ritmo de la respiración de Wolfe.

Después, arrodillándose delante de él, le quitó los zapatos y los calcetines. Ignoró las manos de él cerradas en dos puños cuando le bajó los pantalones.

Los calzoncillos fueron la última prenda de la que le despojó… y se maravilló de la fuerza de su erección antes de acercarse y acariciarle el miembro con la punta de la lengua.

Lara le oyó lanzar un grave y gutural gemido un segundo antes de que las manos de él la levantaran sin esfuerzo y, colocándole las piernas alrededor de la cintura, Wolfe la besó con pasión.

Lara se aferró a su cuello mientras Wolfe tomaba posesión de ella.

Wolfe se movió despacio al principio, casi saliendo de ella por completo para volver a adentrarse con igual lentitud… hasta que ella le rogó y suplicó que aumentara el ritmo que, al final, les llevó juntos al éxtasis.

Después, Wolfe la llevó a la cama y la estrechó en sus brazos antes de darle diminutos besos en la mejilla. Lara cerró los ojos y sonrió junto a la boca de Wolfe.

Wolfe jamás había sentido semejante pasión por una mujer, y daba las gracias a Darius por su visión de futuro.

Se durmió. Pero se despertó en mitad de la noche y descubrió que Lara no descansaba a su lado. Se sentó en la cama y la buscó con los ojos en la oscuridad.

Entonces la vio, de pie delante de la ventana, su delgado cuerpo cubierto con un albornoz.

Agarró su bata, se la puso y se acercó a ella.

–¿No puedes dormir?

¿Cómo hablarle de todas las emociones que la embargaban?

–Me estaba acordando de Suzanne y Darius y de lo felices que fueron juntos.

Tenía que haber una razón para ello y Wolfe esperó a que Lara se explicara.

Pero Lara permaneció en silencio, sin querer mencionar el incidente con su padre. Porque, si empezaba a hablar de ello, no sería capaz de parar.

–¿Y eso te ha puesto triste?

–No –respondió Lara tragando saliva–. Me alegro mucho por mi madre.

–¿Te alegras debido a…?

–A que Darius la quería mucho.

–Su amor era recíproco. Uno solo tenía que verlos juntos para darse cuenta de ello.

–Sí.

–Pero me parece que hay algo más.

Wolfe no debía saberlo. Quizá alguna parte de la vida de Suzanne con Marc, pero no todo. Y no había una forma sencilla de explicarle a Wolfe la repentina aparición de Marc.

–Es tarde, deberíamos dormir –dijo ella.

–Creo que puedo ayudar a que te duermas.

Lara captó el tono de humor de Wolfe y también su sonrisa.

–¿En serio? –preguntó ella mientras se dejaba llevar de nuevo a la cama.

–Pero, esta vez, haré yo todo el trabajo.

Y Wolfe cumplió su promesa. Después, ambos durmieron hasta las ocho de la mañana, se dieron una ducha juntos y, durante el desayuno, Wolfe le dio la noticia.

–Tengo que volver a Nueva York unos días para atar unos cabos sueltos.

Lara dejó la taza de café en el platito.

–¿Cuándo te vas?

–Tengo que estar en el aeropuerto dentro de un par de horas.

¿Tan pronto?

No quería que se marchara, pero no podía pedirle que se quedara.

–¿Cuánto tiempo vas a estar allí?

–¿Incluyendo los vuelos de ida y vuelta? Una semana como máximo. Quizá menos.

En ese caso, ella ayudaría en el restaurante e… iría de compras.

–Te echaré de menos –«mucho más de lo que puedes imaginar», pensó Lara mientras se ponía en pie–. Te ayudaré a hacer el equipaje.

Capítulo 12

QUÉ alegría verte! –exclamó Shontelle cuando Lara entró en el restaurante. Se dieron un abrazo y Sally, al verla, corrió hacia ella para abrazarla también.

Entre preguntas y risas se dirigieron a la cocina.

–¡Eh, hola! –Tony dejó lo que estaba haciendo, le rodeó la cintura con los brazos, giró una vuelta completa con ella y luego volvió a dejarla en el suelo–. ¿Vienes de visita a o a trabajar?

Lara sonrió traviesamente.

–Bueno...

–Está aburrida, debe echarnos mucho de menos –entonces, Tony indicó un armario en la pared del fondo–. Vamos, agarra un delantal.

Era maravilloso estar de vuelta en aquel ambiente tan familiar. Al cabo de un rato, Lara se sintió como si nunca se hubiera marchado.

La cocina funcionaba como un reloj. Todo era tan diferente a un mes atrás, cuando la vida se le había presentado tan oscura...

Durante la hora de la comida todo fue perfectamente. A eso de las nueve de la noche la actividad comenzó a disminuir; entonces, Tony agarró un plato, puso en el un excelente solomillo con verduras y lo colocó delante de Lara.

–Come –ordenó él con una sonrisa–. Un regalo del chef.

El solomillo se le deshacía en la boca, las patatas asadas estaban exquisitas y los espárragos eran divinos.

–Mmmm. Cocinas muy bien, Tony –declaró Lara cuando acabó de comer.

–Por eso me contrataste.

–Naturalmente. En este restaurante solo tenemos lo mejor de lo mejor.

El volumen del negocio había aumentado. Y aunque tenía que consultar primero con el contable, creía que podía ofrecer un aumento de sueldo a todos los empleados. Y quizá una bonificación. Sí, por la mañana llamaría al contable.

Era cerca de la medianoche cuando regresó a Point Piper. Sin saber por qué, se había visto asaltada repentinamente por una inexplicable aprensión.

La sensación continuó cuando el coche que iba detrás de ella giró la esquina para meterse por su misma calle.

¿La estaba siguiendo alguien o era su imaginación?

Tenía el teléfono móvil, un bote de spray paralizante, un aparato de control remoto para abrir las puertas de la verja y otro para las del garaje, y un sistema de seguridad excelente.

Unos minutos más tarde, cuando tomó el camino de la entrada de la casa y ver que el coche que iba detrás pasaba de largo, lanzó un suspiro de alivio.

En la casa, volvió a conectar el sistema de alarma, se dio una ducha y se acostó, satisfecha de lo bien que le había ido el día.

El teléfono la despertó al amanecer. Automáticamente, encendió la lámpara de la mesilla de noche y agarró el auricular.

–Lara –era la voz de Wolfe, increíblemente ronca. El corazón de Lara empezó a latir con fuerza.

–Hola.

–¿Es lo único que se te ocurre decirme? –preguntó él con voz burlona.

–Sí… teniendo en cuenta que acabas de despertarme.

–¿Preferirías que te despertara de… otra forma?

Al instante, Lara recordó con exactitud cómo iniciaba Wolfe esos lánguidos despertares.

–La intimidad tiene alguna que otra ventaja.

–¿Solo alguna que otra? –comentó Wolfe con una carcajada.

–Podría mostrarme más generosa… en persona.

–Te lo recordaré.

–De acuerdo –dijo ella.

–Dudo que te muestres tan valiente dentro de unos días.

–Cuenta con ello.

–¿Te das cuenta de que he tenido un día de duro trabajo? Lo he pasado de reunión en reunión.

–Ah, ya, los negocios.

–Dentro de unas horas volveré a mi solitaria habitación de hotel, me ducharé, me afeitaré, me vestiré y me iré a cenar con unos clientes.

–No sabes cuánto lo siento.

–¿Algún problema?

La pregunta la sorprendió. No había notado humor en la voz de Wolfe. Él no podía saber nada respecto a su encuentro con Marc Sommers.

–¿Por qué lo preguntas?

–Por nada en particular –le aseguró Wolfe–. Perdona, acaban de llamarme para empezar otra reunión. Cuídate, ¿de acuerdo?

–Sí. Tú también –respondió Lara antes de colgar.

Como ya era imposible volver a dormir, Lara se puso un chándal, bajó al gimnasio e hizo ejercicio. Después, se duchó, se vistió y desayunó.

El día se presentaba largo y Lara sintió una urgente necesidad de hacer algo. Por lo tanto, al cabo de unas horas, se subió al coche y, ya en la calle, habría recorrido unos cien metros cuando notó que un coche aparcado en la calle se ponía en marcha nada más pasar ella.

¿Coincidencia? Tenía la sensación de que no era así.

Decidió comprobarlo y, al llegar a Double

Bay, aparcó el coche y se sentó en la terraza de uno de los muchos cafés de la zona. Pidió un café y se quedó mirando la calle para ver si el coche volvía a aparecer.

Al no verlo, comenzó a tranquilizarse mientras se tomaba el café y veía a la gente pasear. Sacó un cuadernillo y un bolígrafo del bolso y comenzó a anotar menús que se le ocurrieron.

Al terminar el café se pidió otro, completamente absorta en su tarea. No notó al hombre que la observaba a cierta distancia ni se fijó cuando este se acercó a ella... hasta casi cuando había llegado a su mesa.

Sus ojos se agrandaron al reconocerlo. Que Marc Sommers estuviera allí por casualidad no era probable.

–No vas a decirme que es una casualidad que nos encontremos, ¿verdad?

Marc se sentó a la mesa sin pedirle permiso.

–Te he seguido hasta aquí porque necesito hablar contigo a solas.

–No tenemos nada de que hablar.

–Sí.

–Creía que te había dejado claro...

–Por favor, escúchame –le interrumpió Marc con brusquedad–. Me he gastado la mayor parte de la herencia de mi mujer. Nos están haciendo una auditoría de todo lo que tenemos y, cualquier día, mi mujer va a descubrir la verdad.

–¿Y esperas que te ayude? –preguntó Lara con incredulidad.

–Eres propietaria de un restaurante. Has recibido la herencia de tu madre y…

–Estoy casada con un hombre rico –le interrumpió ella, despreciando la mirada avariciosa de su padre.

–Sí, lo sé.

–Vamos a zanjar esto rápidamente –dijo Lara con decisión–. Suzanne no me dejó dinero porque no tenía. Y yo no tengo acceso al dinero de Wolfe.

–Pero podrías tenerlo si quisieras.

Lara sintió casi náuseas antes de sacar un billete de su cartera y dejarlo en la mesa.

–Si quieres dinero, pídeselo a un banco.

–Ningún banco me prestaría nada.

–No me sorprende –dijo Lara con una mirada de desprecio. Entonces, se levantó de la mesa y comenzó a alejarse.

Necesitaba estar entre amigos y sus mejores amigos estaban en el restaurante.

Como siempre, la recibieron con los brazos abiertos y, en cuestión de minutos, Lara tenía el delantal puesto y estaba trabajando. El ambiente de camaradería la animó. Era estupendo sonreír y reír mientras trabajaba.

Pasaban las nueve de la noche cuando Tony la hizo sentarse a una mesa en la cocina y le colocó un plato de comida delante.

–Come.

Era una deliciosa ensalada con finas tiras de carne y ya casi había terminado cuando Sally entró en la cocina y se le acercó.

–Hay alguien que quiere verte. Es un hombre y dice que es tu padre.

Lara palideció al instante. ¿Marc estaba allí?

–¿Está…?

–Está borracho.

¡Maravilloso!

–Yo pagaré su cuenta –dijo Lara. No quería un enfrentamiento en público y menos en su restaurante–. Dile que acabe de cenar y luego llévale a mi despacho.

El despacho era una habitación pequeña, pero ofrecía privacidad.

–¿Problemas? –preguntó Tony al ver que no se acababa la cena y se ponía en pie.

–No te preocupes, podré arreglármelas.

Unos minutos más tarde, estaba a solas con Marc en el despacho.

–Sabes por qué estoy aquí –dijo él sin preámbulos.

–No puedo ayudarte –respondió ella sin más.

Su padre la miró de arriba abajo.

–Puedes convencer a tu esposo para que se muestre generoso.

–No voy a hacerlo.

–Maldita seas –dijo su padre con el rostro congestionado–. ¿Te crees superior a los demás, igual que tu madre?

La ira se apoderó de ella.

–Vete de aquí ahora mismo –desgraciadamente, Lara no le vio moverse y, por tanto, no pudo esquivar el golpe.

Sintió un fuerte dolor en la mejilla, que la desequilibró, y a ciegas extendió la mano para apoyarse en algo, pero cayó al suelo. Ahí, instintivamente, alzó los brazos para protegerse. Él le dio una patada en el brazo y estaba a punto de darle otra cuando, de repente, Tony apareció y le agarró, sujetándole. Entretanto, Sally se acercó a ella y la ayudó a levantarse.

Marc empezó a lanzar obscenidades mientras Tony le sujetaba y miraba a Lara.

–¿Quieres que llame a la policía?

–Sí.

Quería que Marc pagara lo que las había hecho sufrir a su madre y a ella.

Llevó un tiempo. Marc fue arrestado, hicieron declaraciones a la policía; ella, a insistencia de sus empleados, dejó que Tony la llevara al hospital y de vuelta al restaurante para recoger su coche.

Ya en casa, se dio una ducha y se acostó inmediatamente.

Pero antes de poder dormirse sonó el teléfono.

–¿Cómo te atreves a llamar a la policía y a denunciar a Marc? –dijo una voz encolerizada de mujer–. ¿Te has vuelto loca? Voy a llamar a un abogado y…

–¿Quién es usted?

–Soy la esposa de Marc. ¿Qué es lo que quieres, arruinarnos la vida? ¡Maldita seas! ¡Exijo que retires los cargos!

–No –respondió Lara con firmeza.

–¿Cómo que no? Tienes que hacerlo.

–Lea el informe de la policía –dijo Lara con gélida calma–. Y mientras lo lee, dígale a su abogado que eche un vistazo a la ficha policial de Marc, no creo que le guste.

–Mentiras, todo mentiras. Voy a denunciarte por difamación.

–Piénselo bien antes de hacerlo –le advirtió Lara antes de cortar la comunicación.

Al día siguiente, Lara tuvo que volver a la comisaría para presentar una declaración formal. Después, llamó al abogado de Darius y, luego, fue a comprar comida para tener en casa.

A primera hora de la tarde, se fue al restaurante.

–No puedes estar mucho tiempo fuera de aquí, ¿verdad? –bromeó Shontelle al verla entrar.

–No, no puedo.

–¿Cómo estás? Anoche…

–Déjemoslo, ¿te parece? –dijo Lara con voz suave–. Y no te preocupes, estoy bien. En serio.

–¿De verdad?

–Sí, de verdad –respondió ella con una sonrisa–. ¿Tenemos muchas mesas reservadas esta noche?

–Sí, bastantes –respondió Shontelle–. Un grupo va a venir a celebrar un próximo matrimonio, otros son clientes habituales. También tenemos dos fiestas de cumpleaños y un grupo de hombres de negocios.

Sí, iban a estar realmente ocupados. Y pasaban de las diez de la noche cuando Tony le ordenó que se quitara el delantal y se fuera a casa.

—¿Tantas ganas tienes de deshacerte de mí?

—Después de lo de anoche, creo que ni siquiera deberías haber aparecido.

—Está bien, me voy.

En casa, después de una ducha, se acostó e, inmediatamente, se quedó dormida.

El maravilloso sueño casi parecía real: tenía la cabeza en el pecho de un hombre y los brazos de él la estrechaban.

Se sentía segura y a salvo mientras una mano le acariciaba la espalda y las nalgas antes de ascender hasta su cuello.

Sí, maravilloso.

Lara sonrió y suspiró mientras una mano le cubría un seno.

Mmmm. Era un sueño estupendo… ¡Y demasiado real!

Había alguien en la cama…

— ¿Wolfe?

Hubo un movimiento mientras un brazo se estiraba hacia la mesilla de noche. Al instante, la habitación se iluminó.

—¿Quién si no?

Los grises ojos de Wolfe brillaron burlonamente mientras las mejillas de ella enrojecían y sus labios se abrían.

—Pero… no te esperaba hasta dentro de unos días.

Wolfe le acarició el rostro... Y fue cuando Lara se dio cuenta de que Wolfe lo sabía.

¿Cómo? Debía haber sido o Tony o Sally.

—No era necesario que...

Wolfe le cubrió la boca con la suya y la besó suavemente.

—¿No?

Wolfe había hecho unas llamadas telefónicas, había recibido el informe médico por fax y... así se había enterado de la existencia del problema de Lara causado por una fractura cuando era niña.

Sentía amargamente no haber insistido en que ella se lo contara todo.

—¿Creías que iba a dejar que te enfrentaras a todo esto tú sola?

—Yo... estoy bien —logró responder ella. Y, al instante, notó endurecerse la mirada de Wolfe.

—Lo dudo.

¿Cuántos huesos le había roto a Lara su padre de pequeña?

Sin duda, demasiados. Y ese hombre iba a pagar por ello, se prometió él.

—No hay disculpa para el maltrato —dijo Wolfe con suavidad—. Te prometo que jamás volverá a acercarse a ti.

A Lara se le hizo un nudo en la garganta. Si le hubiera hablado a Wolfe del primer encuentro con su padre, las cosas no habrían ido tan lejos.

—Gracias —respondió ella simplemente, pero con la voz cargada de emoción.

–¿Por qué… en concreto?

Wolfe la había dado mucho, excepto lo que ella más quería… su amor. Por supuesto, tenía su afecto y su pasión y debía conformarse con ello.

–Por preocuparte por mí.

Wolfe la miró intensamente.

–Cuenta siempre con ello. Es más, siempre ha sido así.

–¿Incluso cuando yo era una quinceañera enamorada de ti? –preguntó Lara en tono ligero y de broma.

–A los dieciocho años, eras demasiado joven para una aventura amorosa… y también para casarte.

Wolfe tenía razón.

Hicieron el amor y después, abrazados, Lara se sumió en un tranquilo y profundo sueño.

Capítulo 13

A DÓNDE vamos? –preguntó Lara mientras recogía los cacharros del desayuno dominical; aunque, en realidad, había sido un almuerzo, ya que se habían levantado tarde y se habían bañado en la piscina antes de salir a comer algo a la terraza disfrutando del sol.

–Al puerto –respondió Wolfe, acercándose y rodeándole la cintura con los brazos.

–Si sigues así, no vamos a ir a ninguna parte –le dijo ella.

–Y eso sería una pena –bromeó Wolfe.

–¿Quieres que prepare algunas cosas para comer luego?

–Ya me he encargado yo de eso.

–¿En serio?

–Sí.

–¿Los dos solos?

–Y el capitán del barco.

El día, de repente, parecía aún más prometedor.

–Voy a por un jersey, las gafas, un sombrero y el protector solar y estaré lista.

El barco resultó ser un yate anclado al final del embarcadero. Cuando subieron a bordo, lo primero que hizo Wolfe fue presentarle al capitán.

–¿Has alquilado esto por un día? –preguntó Lara mientras Wolfe le enseñaba el lujoso interior del yate.

–No. Lo he comprado.

–Ah.

–¿Solo «ah»? –y la sonrisa de él la derritió.

–¿Quieres que me ponga poética? –bromeó ella–. Las elegantes líneas de este navío, sus suave motor, los acabados… son parecidos a su dueño.

Wolfe lanzó una ronca carcajada.

Pronto salieron del pequeño puerto y emprendieron rumbo norte. Una extraordinaria sensación de paz se apoderó de Lara mientras navegaban por las tranquilas aguas.

Su relación con Wolfe era buena, mejor que buena. Él le había devuelto la vida en muchos sentidos y estaba feliz. A ojos de muchos, lo tenía todo, y pedir que Wolfe la amase quizá fuera demasiado pedir.

–Está empezando a refrescar –le dijo Wolfe reuniéndose con ella al timón al tiempo que le daba un jersey–. Ponte esto.

Lara le obedeció e indicó hacia la costa.

–El puerto de Sidney es uno de los más pintorescos que he visto en mi vida. Es precioso.

–El país y la ciudad en la que uno nace y se cría siempre son especiales, se esté donde se esté.

–¿No echas de menos Nueva York?

–No. Fui allí porque necesitaba abrirme camino por mí mismo, sin la ayuda de mi padre.

–Darius se enorgullecía de ti por eso –le aseguró Lara–. Y también Suzanne. Los dos estaban orgullosos de ti.

Wolfe le acarició la sien con los labios; después, la besó apasionadamente.

–Vamos a comer algo, ¿te parece?

Lara no sabía quién había preparado la comida, solo que había sido alguien muy profesional. Todo, incluido el champán, estaba hecho para un gourmet, pensó ella mientras degustaban un paté divino, unas ensaladas excelentes y una tarta de frutas extraordinaria.

La puesta de sol fue mágica mientras se acercaban de nuevo al muelle.

–Ha sido un día maravilloso –declaró Lara más tarde, mientras Wolfe metía el coche en el garaje de su casa–. Gracias.

Una vez en el vestíbulo, Lara le preguntó:

–¿Te apetece un café?

–Sí, llévamelo al despacho. Tengo algo para ti –Wolfe le acarició la mejilla y le sonrió.

–No necesito nada –«excepto a ti».

Wolfe tenía un sobre en la mesa del despacho cuando Lara entró con el café y se la quedó observando cuando ella sacó los papeles del sobre que él le había dicho que mirase.

Los ojos de Lara se agrandaron al ver los cheques y darse cuenta de lo que significaba. Después, ella le miró con expresión perpleja.

–¿Cómo…? –parecía no saber qué decir–. ¿Es esto lo que creo que es?

–Lee la carta que acompaña a los papeles.

Lara así lo hizo y las manos le temblaron al ver que la cantidad de dinero en los cheques era la cantidad que Paul Evans le había robado, además de los intereses.

–¿Cómo lo has conseguido?

–Por medio de un favor y de una investigación privada. Tienes que firmar los duplicados.

–Gracias –dijo ella con absoluta sinceridad–. ¿Me das un bolígrafo?

Lara firmó los duplicados; después, agarró el cheque, le dio la vuelta, lo firmó y se lo devolvió a Wolfe.

–Quiero que te lo quedes tú –Lara alzó una mano al ver que él iba a protestar–. Insisto.

–Sabes que no voy a aceptar.

–Si no lo haces, lo ingresaré yo en tu cuenta.

Wolfe la miró penetrantemente.

–No.

–Si no aceptas el cheque, te aseguro que te voy a inflar de comida durante el resto de tu vida y, además, dormiré en otra habitación.

–¿Durante cuánto tiempo?

–¡Años! –gritó ella después de tirarle el bolígrafo.

Pero Wolfe lo agarró al aire y sonrió traviesamente.

–Eso no va a suceder.

–¡No estés tan seguro!

Con un ágil movimiento, Wolfe la atrajo hacia sí y se apoderó de su boca. Ella trató de resistirse, pero al final sucumbió a la magia de las caricias de Wolfe.

Sabía cómo tocarla y Lara se sintió impotente ante esa seducción. Cuando Wolfe alzó el rostro, ella no pudo más que mirarle, hipnotizada.

–No lo hagas –las palabras escaparon de ella como una plegaria.

–¿Que no haga qué? ¿Besarte? ¿Que no te haga el amor?

«No lo comprendes».

Lara necesitaba apartarse de él y Wolfe se lo permitió. Entonces, dándose media vuelta, Lara se marchó de la estancia. No vio la pensativa y preocupada expresión de Wolfe ni le vio sentarse al escritorio y encender el ordenador.

Si tan importante era para ella, aceptaría el cheque… pero él pondría las condiciones.

Era tarde cuando Wolfe entró en el dormitorio y, después de acostarse, la abrazó, despertándola.

Empezó a acariciarle el cuerpo con las manos mientras, con la boca, le acariciaba la sien.

Despacio, la despertó, excitándola; y cuando ella abrió la boca para protestar, ya era tarde porque, en aras de la pasión, se entregó al placer que solo Wolfe podía hacerla sentir.

Más tarde, Wolfe se quedó dormido y ella también, por un tiempo. Pero se despertó al amanecer sintiéndose extrañamente inquieta.

Al cabo de unos minutos, se levantó de la

cama y se acercó a la ventana. Aún sentía la huella de la posesión de Wolfe, aún podía saborearle mientras pensaba en cómo se había perdido en él completamente. Algo que se había jurado a sí misma no hacer durante un tiempo.

Sin embargo, no tenía defensas contra Wolfe, pensó con tristeza. Y, de repente, los ojos se le llenaron de lágrimas que pronto le resbalaron por las mejillas.

En ese momento, oyó el clic de la lámpara de la mesilla de noche y la habitación se iluminó. Al cabo de unos segundos, Wolfe estaba a su lado.

Colocándole las manos en los hombros, Wolfe la hizo volverse y vio sus húmedas mejillas.

–¿Por qué lloras, Lara? –Wolfe le tomó el rostro con las manos–. No llorabas cuando el prestamista envío a su matón a hacerte una visita ni cuando tu padre te pegó. ¿Por qué estás llorando ahora?

Lara sacudió la cabeza, incapaz de decirle lo que sentía.

–¿Lloras por un cheque que, en realidad, te pertenece?

–Lloro porque… porque te debo tanto… –logró responder ella mientras Wolfe le secaba las mejillas con las yemas de los pulgares.

–No me debes nada –le dijo Wolfe con suavidad.

Lara abrió la boca para protestar, pero él se la cerró con un dedo.

–Se me ha ocurrido una idea. ¿Qué te parece

si ponemos ese dinero en una cuenta de ahorros para nuestros hijos?

Era buena idea.

–Está bien –Lara guardó silencio un momento–. ¿Y mi padre?

–Tiene que presentarse en el juzgado, acusado de extorsión y asalto. Su mujer ya se ha enterado de que tu padre se ha gastado su herencia y, según tengo entendido, va a divorciarse.

–Ya, entiendo.

Un día, quizá no muy lejano, Lara le hablaría de su niñez, pero ahora no era el momento.

Una suave sonrisa curvó los labios de Wolfe.

–¿En serio lo entiendes?

Lara le miró a los ojos, no estaba segura de qué responder.

–No se a qué te refieres.

–Tienes mucho valor –dijo Wolfe–. Úsalo ahora.

Lara no se sentía capaz de pronunciar una sola palabra y Wolfe, bajando el rostro, le besó los labios. Después, volviendo a alzar la cabeza, la miró fijamente a los ojos.

Estaba todo ahí, con una claridad transparente: la pasión, el cariño… y más. Y ella no podía apartar los ojos de él aunque su vida dependiera de ello.

¿Qué tenía que perder?

–No puedo soportarlo más –logró decir Lara por fin, preguntándose si Wolfe había notado que estaba temblando.

–¿Qué es lo que no puedes soportar?

–Amarte.

Por fin lo había dicho y él le sonreía.

–¿Tan difícil te ha resultado decírmelo? –preguntó Wolfe acariciándole el rostro.

–¡Sí!

–Tonta. ¿Crees que eres tú sola? ¿Crees que lo que hay entre nosotros es solo sexo y pasión?

Era eso y más. Mucho más.

–Nos casamos porque…

–Porque era una solución en su momento –le interrumpió Wolfe–. Era la solución para los problemas de ambos.

Lo que Lara sentía casi le dolía físicamente.

Wolfe le acarició las mejillas con los labios.

–Eres la mujer más valiente que he conocido en mi vida –dijo él con ternura–. Eres generosa, leal e íntegra… Y le has dado luz y calor a mi vida.

Lara no podía hablar.

–¿Tan difícil te resulta creer que te ame?

¿Amor? ¿Había pronunciado Wolfe la palabra amor?

Los ojos de ella se encendieron.

–¿Puedes… puedes repetir eso?

–Yo creía que lo tenía todo –comenzó a decir Wolfe con voz queda–. Lo creía hasta que entraste en mi vida y me lo diste todo. Te enfrentabas a mí, discutías conmigo y me pusiste en mi sitio.

Wolf sacudió la cabeza y añadió:

–A veces, no sabía si echarte una reprimenda

o comerte a besos –y había hecho eso último en más de una ocasión–. Sin ti, mi vida está completamente vacía.

Lara abrió la boca, pero Wolfe se la cerró con los labios.

–Cuando estoy sin ti, echo de menos tu risa, su sonrisa, tus ojos, todo. Y echo de menos tenerte en mis brazos y hacerte el amor.

Lara se sintió derretir.

–Eres mi esposa. Te has convertido en parte de mí. Eres mi vida. Tú, Lara, solo tú.

Lara se abrazó a él, temía que las piernas no la sujetaran.

Ahora sí sabía que tenía lo único que realmente le importaba en el mundo. Tenía el amor de Wolfe.

Y lo tendría durante toda la vida.

Acepte 2 de nuestras mejores novelas de amor GRATIS

¡Y reciba un regalo sorpresa!

Oferta especial de tiempo limitado

Rellene el cupón y envíelo a

Harlequin Reader Service®
3010 Walden Ave.
P.O. Box 1867
Buffalo, N.Y. 14240-1867

¡Sí! Por favor, envíenme 2 novelas de amor de Harlequin (1 Bianca® y 1 Deseo®) gratis, más el regalo sorpresa. Luego remítanme 4 novelas nuevas todos los meses, las cuales recibiré mucho antes de que aparezcan en librerías, y factúrenme al bajo precio de $3,24 cada una, más $0,25 por envío e impuesto de ventas, si corresponde*. Este es el precio total, y es un ahorro de casi el 20% sobre el precio de portada. ¡Una oferta excelente! Entiendo que el hecho de aceptar estos libros y el regalo no me obliga en forma alguna a la compra de libros adicionales. Y también que puedo devolver cualquier envío y cancelar en cualquier momento. Aún si decido no comprar ningún otro libro de Harlequin, los 2 libros gratis y el regalo sorpresa son míos para siempre.

416 LBN DU7N

Nombre y apellido	(Por favor, letra de molde)
Dirección	Apartamento No.
Ciudad	Estado	Zona postal

Esta oferta se limita a un pedido por hogar y no está disponible para los subscriptores actuales de Deseo® y Bianca®.
*Los términos y precios quedan sujetos a cambios sin aviso previo.
Impuestos de ventas aplican en N.Y.

SPN-03   ©2003 Harlequin Enterprises Limited

Deseo

TATE

Chantaje y placer

ROBYN GRADY

El multimillonario Tate Bridges jamás permitiría que nada pusiera en peligro lo que le pertenecía, ya fuera su imperio empresarial o su familia. Estaba dispuesto a todo para proteger a los suyos, incluso a chantajear a la única mujer a la que había amado.

Necesitaba desesperadamente la ayuda de Donna Wilks, y para conseguirla no dudaría en utilizar los problemas que sabía que ella tenía. Pero cuanto más la presionaba, más sentía la pasión que siempre había habido entre ellos, hasta que llegó a un punto en que no sabía si lo que quería de Donna era negocios o placer.

La había chantajeado para que volviera a su vida... pero tendría que seducirla para que volviera a su cama

¡YA EN TU PUNTO DE VENTA!

Bianca

Decidieron hacer un trato, tendrían una aventura solo durante una semana

Diez años antes, la librera Clementine Scott había chocado fuertemente con el arquitecto Alistair Hawthorne. Después de la humillación de aquella noche, ella había jurado que jamás volvería a estar con un hombre, ¡y mucho menos con el arrogante de Alistair! Pero, cuando el hermano de Clem se fugó con la hermanastra de Alistair, a Clem no le quedó elección… tuvo que acompañar a Alistair a Montecarlo para buscarlos. Obligados a pasar juntos una semana, pronto se dieron cuenta de la atracción que había entre ambos…

AMANTES POR UNA SEMANA
MELANIE MILBURNE

9